Ronso Kaigai
MYSTERY
300

名探偵ホームズとワトソン少年

Arthur Conan Doyle
The Hound of the Baskervilles
and Other Adventures

アーサー・コナン・ドイル
武田武彦［訳］　北原尚彦［編］

論創社

The Hound of the Baskervilles and Other Adventures
2023
by Arthur Conan Doyle
Edited by Naohiko Kitahara

目次

凡例

一、「仮名づかい」は、「現代仮名遣い」（昭和六一年七月一日内閣告示第一号）にあらためた。
一、漢字の表記については、原則として「常用漢字表」に従って底本の表記をあらため、表外漢字は、底本の表記を尊重した。ただし人名漢字については適宜慣例に従った。
一、極端な当て字と思われるもの及び指示語、副詞、接続詞等は適宜仮名に改めた。ただし意図的な当て字、作者特有の当て字は底本表記のままとした。
一、あきらかな誤植は訂正した。
一、今日の人権意識に照らして不当・不適切と思われる語句や表現がみられる箇所もあるが、時代的背景と作品の価値に鑑み、修正・削除はおこなわなかった。
一、作品標題、著者名は、底本の仮名づかいを尊重した。漢字については、常用漢字表にある漢字は同表に従って字体をあらためたが、それ以外の漢字は底本の字体のままとした。

第一部　まぼろしの犬

まぼろしの犬

この本について

シャーロック・ホームズは、世界一の名たんていです。このものがたりでは、そのホームズたんていと、ゆうかんな助手のワトソン少年が、すばらしいかつやくをするのです。

ぶきみな伝説がのこる、イギリスの、かたいなかをぶたいに、バスカービル家の財産をねらう悪人や、目と口からほのおをふく、おそろしい「まぼろしの犬」などをあいてに、ちえとちえとのたたかいが、くりひろげられます。そして、ホームズたんていは、どんなにむずかしい事件のなぞにぶつかっても、まるで、さん数《すう》のもんだいをとくように、すらすらと、頭をつかってかいけつします。

みなさん、このホームズたんていの、するどい頭のはたらきを、ぜひ、まなんでください。

武田武彦

この物語の主な人びと

ホームズ　ロンドンのベーカー街に、たんてい事務所をもち、つぎつぎに怪事件のなぞをとく名たんてい。せが高くやせて見えるが、力わざもなかなかつよい。

ワトソン　ホームズの助手をつとめる、ゆうかんな少年。

ヘンリー卿　命をねらわれるバスカービル家のあとつぎ。

ステープルトン　そこなし沼のちかくにすむ、昆虫学者。

ベリル　ステープルトンの妹で、心のやさしい少女。

ステッキの持主

ホームズたんていの事務所は、ロンドンのベーカー街にありました。

おちばのうつくしい、十月のある朝のことでした。

ワトソン少年が、新聞をとどけにいくと、いつも朝ねぼうのホームズが、めずらしく、はやおきして、コーヒーをのんでいました。

「よう、ワトソンくん、おはよう。さ、ここへかけたまえ。けさはひとつ、コーヒーをごちそうしよう」

ホームズは、いつになく、にこにこしながら、ワトソンにいすをすすめました。

「先生、なにかまた、事件がおこりましたね」

ワトソンは、だんろのまえにたてかけてある、見なれない一ぽんのステッキをゆびさして、いいました。

「さあ、どうかね……。そのステッキは、きのうわたしのるすに、ここへたずねてきた男が、わすれていったんだよ」

「ははあ。このステッキのもちぬしは、よくはやる、いなかの医者ですね」

「そんなことが、どうしてわかるんだい」

「ちょっと、先生のまねをしてみただけです」

ワトソンは、はにかみながら、ステッキをいじっていましたが、

「ほら、ステッキのさきにまいてある金物に、ちゃんと——王立外科医クラブ会員ジェームズ・モーティマくんへおくる。……なかよしより。一八八四年——と、きざみこんでありますよ」

「なるほど」

ホームズは、さすがに、じぶんのでしのワトソンだと、かんしんしました。

「一八八四年といえば、いまから五年まえのことですよ。ここへきた、モーティマというお医者さんは、ちょうど五年まえに、このステッキをもらって、いなかへひっこんだのでしょう。いなかのお医者になったモーティマ先生は、それからまい日、このステッキをついて、いなかみちを、かんじゃさんの家から家へと、あるきまわっていたにちがいありません」

ワトソンは、さらにことばをつづけて、

「先生、このステッキのさきの石づきが、こんなにまるくすりへっているのが、なによりのしょうこです」

「うまい。ワトソンくん、きみも、わたしのてつだいをするようになってからは、たいへんちゅういぶかくなったね」

ホームズは、まんぞくそうに、うなずきました。

「しかし、ワトソンくん。きみは、だいじなことを見おとしているよ。ちょっとステッキをかしてごらん」

ホームズは、にこにこしながらステッキをうけとると、その中ほどをゆびさして、

「そら、ここに小さなきずあとが、いくつもついているだろう。このきずあとが、どうしてついたか、わかるかね?」

「きっとステッキを、かたい石の上におとしたんでしょう」

「ちがうよ。これは犬の歯のあとだ」

「えっ、犬の……?」

ワトソンは、ちょっとおどろきました。

「モーティマ先生は、犬をかっているんだ。その犬は、ご主人といっしょに外へでるとき、このステッキをくわえて、おともするにちがいない」

「………」

「この歯のあとは、そのときついたんだ。この歯のあとからみると、その犬は、たいして大きな犬ではないとおもうね。たぶん……」

ホームズは、ステッキをにぎると、へやのなかを、ぐるぐる、あるきまわっていましたが、まどのところへいくと、とつぜんふりかえって、

「もっとくわしくいえば、その犬は、白と黒のスパニール種だ。そして、このステッキのもちぬしのモーティマ先生は、たぶん、せのたかい、金ぶちのめがねをかけた、りっぱなしんしだとおもうね」

「えっ、どうして先生に、そんなことまでわかるんですか?」

ワトソンは、びっくりしてたずねました。

「あっははは。モーティマ先生が、その犬をつれて、この家のまえにたっているんだよ」

と、まどのそとをゆびさしました。

ワトソンがまどをのぞくと、なるほど、せのひょろりとたかい、フロックコートをきたひとりのしんしが、白と黒のスパニール種の犬をつれて、入口のまえにたっていました。

「ワトソンくん。きみのいうとおり、なにかおもしろい事件がおこりそうだよ」

ホームズは、いかにもうれしそうに、そわそわしながら、りょう手をこすりあわせていました。

しばらくすると、ドアがあいて、ふるぼけたフロックコートに、うすよごれたズボンをつけたモーティマ先生が、のっそりと、はいってきました。

そして、ホームズのもっているステッキを見ると、あわてて金ぶちめがねを、ゆびさきでおしあげながら、

「や、ここにありましたか。やれやれ、これでたすかりましたわい。ここか、あるいは船会社か、どちらかだとはおもっていましたが……。わたしも、すっかり、いなかものになりましたわい」

と、ほっとしたように、ステッキを手にとりました。

「モーティマさん。このステッキは、あなたにとって、よほどたいせつなようですね」

「そりゃ、たいせつですとも。わたしどもが、けっこんして、ロンドンの病院をやめるときに、ともだちが、おいわいにおくってくれた、きねんのステッキです」

「そんなだいじなステッキを、わすれるところをみると、よほどのしんぱいごとがおありとみえますな」

ホームズがたずねました。

「もちろんです。そのために、わざわざデボン州（イングランドの西南部にある地方）のグリンペン村からやってきたのですよ。

ところで、たしかにあなたが、ゆうめいなシャーロック・ホームズさんでしょうね」

「そうです。わたしがホームズです」

「こちらの少年は？」

と、モーティマ先生はゆびさしました。

「ワトソンくんです。わたしのかわいいじょ手《しゅ》ですよ。さ、ごしんぱいごとがあるなら、うけたまわりましょう」

ホームズは、ゆっくりとパイプに火をつけながら、しずかにいいました。

モーティマ先生は、ほっとしたように、ひたいのあせをぬぐうと、せきばらいをひとつしてから、いすにこしをおろしました。

「ホームズさん、あなたは、いまから三カ月ほどまえ、デボン州のチャールズ・バスカービル卿が、ふしぎな死にかたをされたのを、ごぞんじでしょうな」

「チャールズ卿？……ああ、おもいだしました。たしかに新聞で見ました。デボン州だい一の大地主で、バスカービル家のご主人でしたね。……たしか新聞では、夜なかに、にわをさんぽしているとき、しんぞうまひでなくなられた、ということでしたが……」

「そうです。おもてむきは、そういうことになっていますが、どうも死にかたに、いろいろあやしいてんがあるのです……。

わたしの村のグリンペンでは、チャールズ卿は、バスカービル家にまつわる、まぼろしの犬のたたりで死んだのだと、ほんきでうわさをしております」

「なんですって……。まぼろしの犬ですって？」

ホームズは、いすから身をのりだしました。

「そうです。バスカービル家には、ふしぎな伝説が、ふるくからつたわっているのです。ここに、そのうつしがきをもってきました」

モーティマ先生はそういって、ポケットから、もう百年もたったかとおもわれる、ふるびた紙きれのたばを、とりだしました。

いちばん上に「バスカービルの館」としるされ、その下に「一七四二年」と、年代がかいてありました。

「このうつしがきは、バスカービル家のせんぞが、しそんにつたえるために、かきのこしたものです。わたしが、よんでみましょうか」

モーティマ先生は、ちらりとホームズのかおを見てから、そういいました。

「どうぞ」

ホームズは、ソファにふかぶかとこしをおろすと、りょう手のゆびさきをくみあわせ、じっと目をつむりました。

「では……」

モーティマ先生は、またせきばらいをひとつしてから、いくらかふるえをおびた声で、バスカービル家につたわる、ふしぎな「まぼろしの犬」の伝説をよみはじめました。

つぎの章は、そのうつしがきを、やさしくしたものです。

ふしぎな伝説

いまからやく二百年まえのことです。バスカービルの館に、ユーゴーとよばれる領主がすんでいました。

このユーゴーという人は、せいしつがたいへんあらあらしく、らんぼうなふるまいがおおかったので、その地方の人びとは、だれひとり、ユーゴーのことをよくいうものはありませんでした。

みな、かげにまわっては、「バスカービルの鬼」だとか、「バスカービルのあくま」などとよんで、たいへんにくみ、おそれていました。

ちょうどそのころ、バスカービルの館から、やく十五キロほどはなれたところに、あれはてた牧場《ぼくじょう》がありました。その牧場にやとわれているヒツジかいの家に、ことし十四才になる、アンという少女がすんでいました。

ある日、ユーゴーは、キツネがりのかえりみち、この牧場のわきをとおりかかって、ふと、ミルクをしぼっている、かれんなアンのすがたを、目にとめました。

「おや、かわいいむすめがいるぞ。あのむすめを館へつれてかえり、おれのめしつかいにしてやろう」

そうおもったユーゴーは、いきなりヒツジかいの家へとびこんでいくと、

「あのむすめは、おまえのむすめか？」

と、ききました。

「めしつかいにするから、おれの館へすぐよこせ」

ヒツジかいは、こころのなかで――これは、こまったことになった。と、おもいましたが、ほかならぬ領主さまのめいれいでは、すぐことわることもできず、むすめのアンをかげへよんで、きいてみました。

すると、あんのじょう、むすめは、びっくりして、

「おとうさま。わたしは死んでも、バスカービルの館などへは、まいりませんわ」

といって、なきだしてしまいました。

ヒツジかいは、しかたなく、ユーゴーのまえにすすみでると、

「せっかくのおことばでございますが、むすめは、牧場をはなれたくないと、もうしておりますので……」

と、ことわりました。

ユーゴーは、ひどくはらをたてましたが、その日はなにもいわずに、バスカービルの館へひきあげていきました。

ところが、それからしばらくたって、ある日のこと、ユーゴーは、ヒツジかいのるすをねらい、五、六名のらんぼうなけらいをひきつれて、いきなりアンの家をおそいました。

そして、なきさけぶアンを、むりやりに馬にのせて、ひとむちくれるや、あらしのように、館めざして、ひきあげていきました。

ユーゴーは、バスカービルの館へかえると、アンをたかい塔のあきべやへおしこめ、げんじゅうに、かぎをおろしてしまいました。

そして、じぶんたちは、下の大ひろまへあつまって、おどりくるっていました。

ゆうれいのでそうな、さびしい塔のなかへ、とじこめられてしまったアンは、しばらくは、なくことさえわすれて、まるで死んだように、ぼんやりしていました。そして、まどの外の月をながめて、

「そうだ。死んでもかまわないから、この塔からぬけだしてみよう」

と、つよくこころをきめました。

ふと、下を見ると、そこには、いちめんツタが、からみついていました。にげるなら、このツタにつかまり、塔のかべを、つたわっておりるよりほかはありません。

「やってみよう」

アンは、はだしになると、ツタにつかまって、まどからぬけだしました。ちょっとでも足をすべらしたらさいごです。アンのからだは、目の下に、つめたくひかっている石だたみの上へ、ころげおちて、骨も、肉もくだけてしまうでしょう。

けれどアンは、おとうさまにあいたいいっしんから、おそろしさもわすれて、とうとう塔の下へおりることができました。

バスカービルの館のまわりは、見わたすかぎり、ぼうぼうと草のおいしげった、あれ野《の》になっていました。アンは、はだしのまま、やく十五キロもさきにある、わが家をめざして、あれ野の中をいっさんに、はしりました。

いっぽう、あばれもののユーゴーは、けらいたちと、おどりくるっていましたが、そのうち、ふと、

アンのことをおもいだしました。

「そうだ。あのこむすめにも、なにかたべさせてやらねばなるまい」

と、さらの上にたべものをのせて、塔の上へのぼっていきました。

ところが、とびらをあけておどろきました。へやの中には、アンのかげすら見あたりません。

ユーゴーは、いそいで大ひろまへかけもどってくると、いきなりテーブルの上におどりあがって、

「こらっ、むすめがにげた。おれは、じごくのあくまにやくそくするぞ。こん夜のうちに、あのむすめをとらえて、このうでで八つざきにしてやるぞ！」

と、わめきました。

さすがのらんぼうもののけらいどもも、ちぢみあがるほどのいきおいです。

「はやく、おれの馬をひいてこい。それから、犬のくさりをといて、むすめのあとをつけさせろ」

ユーゴーは、ふるえているけらいたちを、どなりつけました。

バスカービルの館には、六ぴきのりょう犬《けん》がかわれていました。ユーゴーは、この犬どもに、アンのあとをおわせようと、おもったのです。

けらいたちは、六ぴきのりょう犬に、アンのおとしていった、ハンカチのにおいをかがせ、すぐさま、アンのあとをおいかけさせました。

六ぴきのりょう犬は、アンの足あとのにおいをつけて、さっと、はしりだしました。そのあとから、黒馬にまたがったユーゴーが、おそろしいかおで、つめたい月光にかがやくあれ野を、まっしぐらにかけさりました。

けらいたちは、しばらくのあいだ、ぼうぜんとたっていましたが、やがて、それぞれの馬にまたが

ると、ユーゴーのあとをおいかけていきました。

あれ野には、つめたい北風が、びゅんびゅんとふいていました。およそ四キロほどいくと、岩かげにテントをはって、ひとりのジプシーの老婆が、星を見ながら、うらないをしているのにであいました。

けらいのひとりは、馬からとびおりると、

「おい、ばあさん。いまここを十四、五才のこむすめと、バスカービル家のとのさまが、とおらなかったか」

と、たずねました。すると、ぼろぼろのぬのをまとった老婆は、しわがれた声で、なにやらこたえましたが、よくききとれないので、べつのけらいが、馬の上から、大声でどなりました。

「はっきりとこたえるんだ。とおったのか、とおらなかったのか」

「とおりましただ。はだしでにげていく、こむすめのあとから、六ぴきの犬をつれたとのさまが、黒馬にまたがって、おいかけていきましただ。しかし、そのあとから……」

「そのあとから、どうしたのだ?」

「い、ひひひひ。おとのさまのあとから、もう一ぴきの犬がおいかけていきましただ」

「なに、もう一ぴき?　その犬は、どんな犬だった」

「これまでわしなどの見たこともない、大きな犬でしただ。からだじゅう、うるしをぬったようにまっくろで、目と口からは、ぼうぼうと、青いほのおを、ふきだしておりましただ」

「ははは、なにをばかなことを……。おおかた、ゆめでも見たんだろう」

「いいや、ゆめではありませんだ。たしかにばばが、この目で、はっきりと見ましただ。あれは、この世のものではない。まさしく、じごくの犬でしただ。おお、神さま……、どうか、おとのさまの身のうえに、なにごともおこりませんように……」

あやしい老婆は、口の中で、なにやらぶつぶつとつぶやきながら、がたがたとふるえておりました。

「だまれ。この世のなかに、火をふく犬がいてたまるものか」

けらいたちは、ユーゴーのはしりさったほうがくへ、またいっさんに、馬をとばせました。ところが、まだ一キロといかないうちに、けらいたちは、とつぜん、はっとして馬をとめました。ゆくてから、のりてをうしなったユーゴーの黒馬が、くびをたれて、しょんぼりと、かえってくるのが見えたからです。

けらいたちは、たがいにかおを見あわせて、ぎょっとしました。馬がひとりでかえってくる、ということは、ユーゴーの身のうえに、なにかまちがいがおこったしょうこです。

「それいけっ!」

けらいたちが、馬にむちをくれて、さっと、かけだそうとしたときです。とつぜん、むこうに見える岩山のかげから、ものすごいけもののうなり声が、きこえてきました。それは、身の毛もよだつような、すさまじいうなり声でした。

けらいたちの馬は、いっせいに、あとずさりをしました。なかには、さっとぼうだちになる馬さえありました。

(いったい、あの岩山のかげで、なにがおこったのだろう?)

けらいたちは、かおを見あわせるばかりで、だれひとり、まえへすすもうとするものはありません。

……しばらくして、気のつよい二、三人のけらいが、馬をのりすてて、岩山をのぼっていきました。

岩山のちょうじょうへたどりつくと、すぐ目の下に、すりばちのそこのような、くぼ地のあるのが見えました。そのくぼ地は、月のひかりをうけて、まひるのようにかがやいています。

「やっ、あれは……?」

けらいたちは、ぎょっとして、そこへたちすくんでしまいました。……くぼ地につきだした岩かげに、あのかわいそうな少女のアンが、あま色のかみをふりみだしたまま、ぐったりとたおれているのです。

……が、たおれているのは、アンだけではありません。そのすぐそばには、「バスカービルの鬼」とよばれたユーゴーが、かた手にピストルをにぎったまま、あおむけにぶったおれていました。

しかも、ユーゴーのからだの上には、子牛ほどもありそうな、ものすごい犬が、のしかかっていました。そして、いましもユーゴーののどぶえを、するどいきばで、かみさこうとしているのでした。

そのとき、ごーっと、すさまじい砂けむりが、空からふきおろしてきたかとおもうと、どこからともなく、あのきみのわるいジプシーの老婆の声が、きこえてきました。

「あれは、じごくの犬じゃ。おそろしや、おそろしや。バスカービル家のつづくかぎり、まぼろしのようにあらわれて、バスカービル家をのろいつづけるだろうよ。……い、ひひひひ……」

きみのわるい老婆のわらい声は、岩山の空いっぱいに、ひびきわたりました。

ユーゴーのからだの上にのしかかった、まっくろな犬は、目と口から、青いほのおをふきだしていましたが、とつぜん、青じろい月にむかって、「うおーっ」と、ほえました。すると、けらいどもは、かみなりにうたれたように、そこへ、気をうしなって、たおれてしまいました……。

じごくの犬のうわさは、たちまち、村じゅうにひろがりました。村のものたちは、声をひそめて、

「あの犬は、あばれもののユーゴーのつみをにくみ、神さまがおつかわしになったのだ」

と、かたりあいました。

そのしょうこに、ユーゴーが死んだのち、バスカービル家には、つぎつぎと、ふしぎな事件がおこりました。

あるものは、馬からころげおち、あるものは、がけからおちて死にました。また、あるものは、グリンペンの底なし沼にはまりこんで、死体さえうきあがりませんでした。そのたびに、じごくの犬が、まぼろしのようにあらわれては、きみのわるい声で、月へむかってほえていたそうです。

村のものたちは、よるとさわると、

「バスカービルの館には、じごくの犬の、のろいがつきまとっているのじゃ。これも、あのユーゴーのわるいおこないのむくいじゃ。そのうち、バスカービル家のしそんは、ひとりのこらず、死にたえてしまうだろう」

と、うわさしあっていました。

×　　×

いじょうが、バスカービルの館につたわる、ふしぎな「まぼろしの犬」の伝説です。

このきろくをかきのこしたのは、ユーゴーから四代めにあたる、バスカービル家の主人ですが、このうつしがきのさいごには、ペンをあらためて、つぎのようなことばが、かいてありました。

わがしそんよ。くらい夜は、けっして沼地をとおってはいけない。くらいところには、かならず

「まぼろしの犬」があらわれて、われわれをにくむのだ。おこないをつつしんで、ほどこしをつみ、神のゆるしをこいなさい。そのうち、いつの日か、のろいはとけて、わが家にもよろこびがくるだろう。

犬の足あと

うつしがきをよみおえてモーティマ先生は、めがねをひたいの上におしあげて、じっとホームズのかおを見つめていました。

「どうです、ホームズさん。この伝説について、なにか、ごいけんはありませんか？」

「さあ」

ホームズは、なまあくびをかみしめながら、

「おとぎ話としては、たいへんよくできていますね。しかし、わたしは犬ののろいが、いつまでもその家にのこるなんてことは、とても、しんじられませんね。」

それよりも、バスカービル家のご主人、チャールズ卿が、どうしてなくなられたか、そのほうがもんだいです。チャールズ卿は、夜、にわをさんぽしているあいだに、しんぞうまひでなくなられた、ということでしたね。それは、いつのことです」

「いまから三カ月あまりまえ、せいかくにいえば、六月十二日の夜のことです」

「チャールズ卿というのは、どんなかたですか？」

「チャールズ卿は、ユーゴーとは、まるきりちがった、りっぱなおかたでした。としは五十才。せがたかく、がっちりしたからだつきで、うつくしいひげをはやし、いかにも名門の貴族といったおかた

です。

わかいころ、アフリカにわたって、そこで事業にせいこうされ、たくさんの財産をきずかれて、五年ほどまえに、イギリスにかえってこられたのです。いま、バスカービル家の財産は、百万ポンド（やく十おく円）いじょうもあると、うわさされています」

「ほう、たいしたお金もちですね」

「デボン州で、一、二といわれる財産家です。しかも、チャールズ卿は、たいへんなさけぶかいおかたで、村でくらしにこまっているものがあると、かならず、たすけておやりになりました。

また、ちかいうちに、グリンペンの村に、チャールズ卿のごきふによって、りっぱな孤児院や、病院がたつことになっています。

ですから、せんぞのユーゴーなどとは、まるでちがい、ひとからうらみをうけるようなかたではありません」

「なるほど。……すると、チャールズ卿には、あととりがないとみえますね」

「そうです。お子さんは、ひとりもありません。おくさんも、五、六年まえになくなられました」

「では、バスカービル家の財産は、だれがうけつぐのです?」

ホームズは、かさねてたずねました。

「チャールズ卿のおいごさんで、ヘンリーというかたです。チャールズ卿のなくなった、おとうとさんのお子さんです。このヘンリーさんは、わかいころからアメリカへいっておられましたが、チャールズ卿がなくなったしらせをきいて、アメリカをひきあげ、やっとあすの朝、このロンドンへ、つくことになっています」

「なるほど。では、チャールズ卿がなくなった夜のことを、くわしくおはなししていただきましょうか……。

そのまえに、ひとつおたずねしますが、チャールズ卿は、まえから、しんぞうがわるかったのですか？」

「そうです。アフリカで、かなりむりな生活をなされていたらしく、たいへんよわっていました。ことになくなられるころは、いきぎれがひどくてこまると、こぼしておられました。わたしは、なるべく、はげしいうんどうをなさらぬように、おすすめしました。チャールズ卿も、それをまもって、すきな狩や馬のりさえもやめ、まいばん、夕しょくのすんだあとで、にわをさんぽするていどでした。

六月十二日の夜も、いつものとおり、すきな葉巻をくわえて、ニレの並木みちをさんぽしておられたそうです」

ホームズも、そばできいているワトソン少年も、モーティマ先生のはなしに、しばらくかんがえていましたが、

「では、ニレの並木みちというのは、どこにあるのです？」

と、ホームズがたずねました。

「もちろん、にわのいちぶです。そのみちのはばは、やく三メートルあり、その長さは、やく五百メートルほどあります。このみちのりょうがわに、せのたかいニレの木が、なん千本となく、えだをまじえて、うっそうとおいしげっているので、その下のみちは、まるでトンネルのように、うすぐらいのです」

「なるほど」

「この並木みちの、ちょうどまん中あたりに、小さな門があります。この門をくぐって外へでると、あの伝説のなかにでてくる少女アンが、りょう犬《けん》におわれて、にげこんだといわれる、れいの沼地のある岩山が、すぐちかくに見えるのです」

「チャールズ卿は、その門のそばにたおれていたのですか？」

「いいえ。ニレの並木みちのつきあたりに、小さいあずまやがたっています。チャールズ卿は、そのあずまやと、門との、ちょうどまん中あたりに、たおれていました」

「では、さいしょにチャールズ卿を見つけたのは、だれですか」

「バスカービル家の執事（主人のかわりをつとめる使用人頭《がしら》）で、バリモアという男です。十時になっても、チャールズ卿がかえってこないので、しんぱいして、おかみさんのエリザといっしょに、ランプをもって、さがしにいきました。そして、並木みちのなかほどで、チャールズ卿のたおれているのを見つけたのです」

「バリモアという男は、それでどうしました」

「すぐに、馬《ば》ていのパーキンズにいいつけて、馬車をとばして、わたしをむかえにきました。わたしの家は、バスカービルの館から、三キロほどはなれたところにあります。わたしがかけつけたときには、チャールズ卿のからだは、もうつめたくなって、ぜんぜん、てあてのほどこしようがありませんでした」

「どんなふうに、たおれていたのです」

「あずまやのほうにむかって、うつぶせにたおれていました。よほどくるしかったとみえて、かおはみにくく、ひきつっていました」

「目は？」

「あいたままです。なにか、ひどくおどろいたように、大きく見ひらいて、たいへん、おそろしいめにあったようなかんじでした」

「きずは、ありませんでしたか？」

「ぜんぜんありません。たしかに、しんぞうまひで死んだとしか、おもわれません……。けいさつで、死たいをかいぼうしたときも、しんぞう病をわずらったあとが、はっきりとのこっていました」

　ホームズは、ちょっとかんがえてからいいました。

「モーティマさん。並木みちに、チャールズ卿の足あとが、のこっていませんでしたか」

「ありました。その日のゆうがた、雨がふって、地面がしめっていましたので、ニレの並木みちには、チャールズ卿の足あとが、はっきりのこっていました」

「どんなふうに？」

「チャールズ卿は、館をでてから、門のそばまで、ゆっくりした足どりで、あるいておられます。そして門のまえで、五分か、十分ぐらい、たちどまったようです」

「なに、たちどまった？」

　ホームズの声が、大きくひびきました。

「門のそばの地面の上に、葉巻の灰が、三つ四つおちていたのです。これを見るとチャールズ卿は、すくなくとも五、六分ぐらいは、そこにたっておられたようです」

「なるほど、よくそこに、気がつかれましたな」

　ホームズは、かんしんしたように、ワトソンをふりかえりながら、

「ワトソンくん。このモーティマ先生は、お医者さんより、たんていにむいてるよ……。ところで、モーティマさん。そのとき、その門のとびらは、しまっていましたか?」

「しまってはいましたが、とびこそうとおもえば、いくらでもらくにとびこせます。とびらのたかさは、せいぜい一メートルぐらいですから」

「チャールズ卿の足あとは、それだけですか?」

「それが、ホームズさん、みょうなんです。灰のおちている門のそばまでは、ふつうの足どりであるいていたのに、それからさきは、たいへんいそいでかけだしたようです。つまさきだけのくつのあとが、つよく地面にのこっているのです」

「すると、だれかに、おわれたというわけですね」

「そうです。チャールズ卿は、おいかけられたにちがいありません。チャールズ卿の足あとのほかに、大きな犬の足あとが、はっきりとのこっていました」

「なに、犬の足あとが……?」

ホームズは、びっくりして、モーティマ先生のかおを見つめました。

「ホームズさん。わたしは犬の足あとが、そこにのこっていたことを、けいさつに、かくしておりました」

「それはまた、なぜです?」

「村のものたちは、いまでも、まぼろしの犬の伝説を、ふかく、しんじているからです。げんにその夜も、村びとのひとりは、牛のように大きな犬が、青いほのおをふきながら、沼地のほうへかけていったのを、ちゃんと見たといっているのです」

「まさか……？」

「いや、うそではありません。なくなられたチャールズ卿も、まぼろしの犬のすがたを、なんども見たと、いわれていたくらいですから……」

「なるほど」

ホームズは、ちょっと首をかしげました。

「もちろん、わたしだって、犬のたたりで、チャールズ卿がなくなったとは、おもっておりません。しかし……だからといって、チャールズ卿が、ぐうぜんそこで、しんぞうまひをおこしたともおもえません」

「そうすると、だれかにころされた、ということだけが、のこりますな」

「では、やっぱり……」

モーティマ先生は、うなずくように首をたてにふりました。

「いまここで、わたしがおこたえできることは、それだけです。チャールズ卿は、門のそばで、なにかおそろしいものを見て、びっくりしてかけだしたのです。そして、あずまやへたどりつくまえに、しんぞうまひをおこして、たおれてしまったのです」

「するとホームズさん。あなたは、この世に『まぼろしの犬』が、ほんとうにいるとおっしゃるんですか？」

「いや、きっと、だれかのいたずらでしょう。わたくしたちは、はやく、その犯人をつかまえねばなりません。それでないと、またバスカービル家のだれかが、ころされるかもわかりません」

「すると、もしやヘンリー卿の身のうえに……？」

モーティマ先生は、ぎょっとしたように、いすからこしをうかしました。

「びっくりなさることはありません。まだヘンリー卿は、バスカービルの館にいるわけではないのですから……。はははは」

「ホームズさん。では、グリンペン村へ、おいでねがえますでしょうか?」

「そのまえに、ヘンリー卿におめにかかることにしましょう。あすのごぜん十時に、ヘンリー卿をつれて、ここへおいでください」

「ありがとうございます。どうか、くれぐれも、よろしくおねがいします」

モーティマ先生は、おきわすれたステッキをかかえると、ほっとしたように、かえっていきました。

あやしい手紙

あくる日の朝、ホームズとワトソンが、おそい朝めしをすませたところへ、モーティマ先生が、ヘンリー卿をつれてやってきました。

ヘンリー・バスカービル卿は、見たところ三十才ぐらいの、いかにもアメリカがえりの青年しんしでした。スポーツマンらしい、きびきびしたからだに、あかるいちゃ色のふくを、きちんとつけていました。

「ホームズさん。モーティマ先生から、さきほどうかがいましたが、このたびは、おじ、チャールズのことで、たいへんおせわになりましたそうで、ありがとうございます」

ヘンリー卿は、ひやけしたかおを、にっこりとさせて、あいさつしました。

ホームズは、そのかおを、じいっと見つめながら、

「ヘンリーさん。あなたは、まぼろしの犬の伝説を、ごぞんじですか？」

と、たずねました。すると、ヘンリー卿は、にこにこしながら、

「はい。そのことは、こどものころ、ちょっときいたことがありますが、べつに、気にもとめませんでした。なぜって、まさか犬のたたりなどで、バスカービル家の人間が、死ぬはずはないとおもったからです。ぼくはいまでも、おじは、しんぞうまひで死んだものとおもっています」

と、なんのこだわりもなく、こたえました。

「なるほど。するとあなたは、バスカービルの館へ、おかえりになるつもりですね」

「もちろんです。モーティマ先生のおはなしでは、おじは村のために、バスカービル家の財産を、おしげなく、つかおうとしていたそうですから、ぼくもできることなら、おじのこころざしをついで、村のためにつくしたいと、おもっています。それが、おじのこころをやすませる、なによりのくようだとおもいます」

「なるほど。あなたのこころざしは、けっこうだとおもいます。しかし、もしチャールズ卿が、人にころされたのだとすると、あなたにも、なにかきけんなことが、おこるかもしれませんぞ」

「それは、じゅうぶんかくごしています。もし、だれかが、ぼくのいのちをねらっているとすれば、バスカービルの館にいようが、このロンドンにいようが、きけんなことにかわりはないとおもいます。たとえ、犬のたたりにせよ、おなじことでしょう。

ぼくは、まぼろしの犬をおそれて、バスカービル家から、にげだしたくはありません。ぼくは、バスカービル家の、ただしいあととりなのですから……」

ヘンリー卿のことばは、しずかでしたが、つよいけっしんにあふれていました。そのたいどは、いかにもイギリスの貴族らしく、そして、バスカービル家のあととりにふさわしく、ゆうきと、ほこりにみちていました。

ホームズは、まんぞくそうに、うなずきました。

すると、そばからモーティマ先生が、さもしんぱいそうに、

「ヘンリー卿。はやくホームズさんに、あのてがみを、お見せになっては……」

と、すすめました。

「そうだ。すっかりわすれていました」

ヘンリー卿は、ポケットから、一通のてがみをとりだして、ホームズにわたしながら、

「けさはやく、こんなてがみが、ぼくがとまることになっているホテルへとどいていました。だれがよこしたのかわかりませんが、みょうなことがかいてあるんです」

「はいけんしましょう」

ホームズが見ると、そのてがみは、白いふつうのふうとうで、おもてに、

「ノーサムバーランド・ホテル内、ヘンリー・バスカービルどの」

と、へたな字でかいてあります。切手には、チャーリング・クロス局のスタンプがおしてありました。

「ヘンリーさん。あなたがこのホテルにとまることを、グリンペン村のだれかに、おはなしになりましたか?」

「いいえ、だれにも。ぼくは、ロンドンのようすが、さっぱりわかりませんので、けさ駅についてから、このモーティマ先生におたずねして、このホテルをきめたくらいです」

ヘンリー卿のことばをついで、モーティマ先生が口をいれました。

「そうです。わたしはロンドンへでたときには、いつもこのホテルに、とまることにきめています。それでヘンリー卿にも、おすすめしたわけです」

「してみると、このてがみをよこした犯人は、モーティマさんが、いつも、このホテルにとまることを、しっているひとだというわけですね」

「そうにちがいありません」

「ということは、なにものかが、あなたがたのちかくで、見はっていることになるわけです。ようじんなさらんといけませんね」

ホームズは、こういいながら、ふうとうの中から、四つにおりたたんだ、てがみをとりだして、テーブルの上にひろげました。

のぞいてみると、その紙のまん中に、つぎのような文字が、はりつけてありました。

「いのちがおしければ、沼地にちかよるな」

てがみのもんくは、これだけです。しかも、きみょうなことに、そのもんくは、ペンでかいたのではなく、ざっしか新聞に、いんさつしてあった活字を、ひとつひとつきりぬいて、のりではりつけたものでした。

「どうです、ホームズさん。みょうなてがみでしょう。なぜ、ペンでかかずに、わざわざ活字をきりぬいて、はりつけたのでしょう」

「それは、このてがみをだしたものが、じぶんのふでぐせを、しられたくなかったからでしょう。わたしが見たところでは、この活字は、タイムズ（イギリスのゆうめいな新聞）からきりぬいたもののようです」

「どうしてあなたに、それがわかります？」

「この活字は、タイムズだけにしかつかっていない、とくべつの字体なのですよ」

「なるほど」

ヘンリー卿は、かんしんしたように、うなずきました。

「それより、わたしがふしぎにおもうことは、このジャスミンのかおりです」

「えっ、ジャスミン?」

「おわかりになりませんか。このてがみには、ほんのりと香水のにおいがついています」

ホームズにそういわれて、ヘンリー卿は、てがみのにおいをかいでみました。

「なるほど。たしかにこれはジャスミンのにおいだ。すると、ホームズさん。このてがみをよこしたのは、女ですか?」

「さあ、それはなんともいえませんね。ただ、このてがみに、ジャスミンのかおりがついていたということだけは、はっきりおぼえておくひつようが、ありそうですね」

「ホームズさん。ぼくには、もうひとつ、ぎもんがあるのですよ。いったい、このてがみは、ぼくをにくんで、よこしたのでしょうか?」

「なぜ?」

「この『いのちがおしければ、沼地にちかよるな』ということは『おまえが、バスカービルの館にかえったら、えらいめにあわせてやるぞ!』という、おどかしのいみにもとれますし、また、『バスカービルの館へおかえりになるのは、およしなさい。きけんですから……』という、しんせつなことばにも、なるわけですからね」

「なるほど」

「しかしホームズさん。ぼくは、これがおどかしなら、なおのこと、バスカービルの館へのりこみ、このてがみをよこしたやつを、ふんづかまえてやりたいとおもっています。

もしまた、このてがみをよこしたひとが、ぼくのためをおもって、よこしたのだとすれば、そのかたにおめにかかって、よくおれいを、のべたいとおもっています」

「けっこうでしょう。ところでヘンリーさん、あなたに、もうひとつおたずねしますが、あなたがロンドンについてから、このてがみのほかに、なにかかわったことは、ありませんでしたか？」

「いいえ、べつに……。あ、そうだ。ひとつだけありました。つまらぬことですが、ホテルにつくそうそう、くつどろぼうにやられました。ロンドンというところは、ゆだんもすきもできない、ぶっそうなところですね。ははははは」

「なに、くつをぬすまれた？」

「えっ、あのホテルで？」

モーティマ先生も、びっくりしたように、さけびました。

「いや、モーティマ先生、ごしんぱいなさらないでください。アメリカからはいてきた、ふるぐつなんですから……」

ヘンリー卿は、つまらないことをいいだした、というかおつきで、頭をかきました。

しかしホームズは、ひどくまじめなかおで、うなずきながら、

「いや、けっこうです。どんな小さな、つまらないことでも、なにかのやくにはたつものですよ。さてと……、わたしは、いままでにうかがったことを、もういちど、よくかんがえてみたいとおもいます。あとで、そうですね、ひるすぎの二時、ワトソンくんといっしょに、ホテルへおたずねすることにしましょう。もんだいは、それからです」

「どうか、よろしく、おねがいします」

ふたりは、ていねいにあいさつをして、かえっていきました。

ホームズは、ソファに身をうずめたまま、じっと、目をつぶっていましたが、おもてのドアが、バタンとしまる音をきくと、いきなり、さっとたちあがりました。

「さあ、ワトソンくん。おおいそぎで、外出のしたくをしたまえ」

「えっ、どこへいくんです？」

「いまのふたりのあとを、おいかけるんだ。はやく、はやく……」

ホームズは、いまにもかけだしそうでした。

黒いあごひげの男

　ワトソンが、ホームズのあとをおって、おもてへとびだしてみると、ヘンリー卿とモーティマ先生のふたりは、およそ、二百メートルさきの並木みちを、なにかはなしながら、ゆっくりあるいていきます。

「先生。あそこにいますよ。はしっていって、よびとめましょうか」

「ばかな。そんなことをしちゃ、せっかくのくしんも、水のあわだ。こっそり、あとからついていくんだ」

「なぜ、そんなことをするんです」

「おやワトソンくん。まだきみにはわからないのか。さっきもいったろう。だれかあのふたりを、見はっているやつがいるんだよ。あやしいてがみをよこしたやつさ。いまもきっと、ふたりのあとをつけているにちがいない。われわれは、そいつをつかまえるんだ」

　ホームズとワトソンは、なにげないようすをよそおいながら、およそ百メートルのあいだをおいて、ふたりのあとをつけていきました。

　まもなく、にぎやかな大通りにでました。ヘンリー卿とモーティマ先生は、町かどの、ぼうし屋のまえにたちどまって、かざりまどの中をのぞきこみました。ホームズたちも、そっと足をとめて、ようすをうかがっていました。

しばらくすると、ヘンリー卿たちは、また、そろそろとあるきはじめました。

ホームズは、ワトソンに目くばせして、あるきだそうとしましたが、とつぜん、あっと小声でさけぶと、あわててワトソンの手をひっぱりました。

「あれを見たまえ」

そのとき、がいろじゅのかげにとまっていた、一台のくろぬりの馬車が、ヘンリー卿のあとをおって、のろのろとうごきだしたのです。

その馬車の中に、ちらりと、男のすがたが見えました。

「あいつだ。あの男が、ヘンリー卿のあとを、つけねらっているんだ。よし、どんなやつか、かおを見てやろう。ワトソンくん、ついてきたまえ」

ふたりは、馬車のあとをおって、かけだしました。ところが、三十メートルぐらいまで、ちかづいたときでした。あやしい馬車の中の男が、まどごしに、ちらりと、ホームズたちのほうを、ふりかえりました。……山たかぼうしをかぶり、黒いあごひげを、もじゃもじゃにはやした男でした。

その男は、ぐっとからだをまえへのりだすと、ぎょしゃにむかって、なにかさけびました。つぎのしゅんかん、あやしい馬車は、まるできちがいのように、もうぜんと、はしりだしました。

「しまった。ワトソンくん、はやく馬車をよんでくれ」

しかし、もうておくれでした。あいにくと、あたりには、一台の馬車もとまっていません。あやしい男をのせた馬車は、みるみるうちに、とおざかっていきます。

「ワトソンくん、ついてきたまえ」

ホームズは、あきらめきれずに、しばらくあとをおいかけましたが、とても馬車においつくはずはありません。あやしい馬車は、とっくに町かどを右にまがって、見えなくなっていました。

「まずいことをした」

はあはあいきをきらしながら、ホームズが、くやしそうにたっていると、

「先生。馬車のばんごうを見ておきましたよ。あの馬車は、ロンドン馬車会社の車で、ばんごうは二、七〇四号です」

ワトソン少年が、とくいそうにほうこくしました。

「よろしい。それでは、馬車会社に、でんぽうをうって、あの馬車のぎょしゃに、わたしの事務所まで、きてもらうことにしよう。そうすれば、あの男のことが、すこしはわかるだろう」

ホームズは、いそいでゆうびん局へいくと、ロンドン馬車会社の社長あてに、

「だい二、七〇四号のぎょしゃに、たずねたいことがあります。ベーカー街二二一番地、Bまできてください」

というでんぽうをうちました。

そしてホームズは、ちらりと時計をみて、

「ヘンリー卿とあう、やくそくの時間までに、まだ二時間ある。そのあいだに、もうひとしごとすませておこう」

「こんどはなにをやるんです?」

「あの活字をはったてがみが、どこのホテルでつくられたのか、しらべてみるんだよ」

ホームズは、にこりとわらいました。

やられたホームズ

ホームズは、ゆうびん局をでると、すぐその足で、ちかくにある「べんり屋」の店へ、とびこみました。べんり屋というのは、しなもののうんぱんや、いそぎのてがみなどを、かんたんにとどけたり、ひきうけたりする店のことです。

ホームズが、ドアをおして中にはいると、おくからその店の主人らしい、めがねをかけた、やせた男がとんできました。

「おや、ホームズさん。よく、いらっしゃいました」

「ウイルソンさん。しばらくです。よく、わたしのかおをおぼえていましたね」

「なんのホームズさん。あの事件をわすれてなるもんですか。あのとき、あなたにたすけていただきましたおかげで、こうしてわたしどもは、しょうばいをつづけていられるのです。……ところでホームズさん、きょうは、どんなごようでしょう?」

「あの事件のとき、つかいをしてもらった少年がいましたね。たしか、カートライトとかいう……。いまでもあの少年は、この店にいますかね」

「おりますとも。……おい、カートライト」

おくへむかって、声をかけると、すぐにワトソンより、ひとまわり小さい、かみのあかい、そばかすだらけの少年が、パンをほおばりながらでてきました。

「なんてぎょうぎのわるいやつだ。ホームズ先生が、おまえにごようがあるそうだよ」

カートライトは、ホームズのすがたを見ると、あわてて、パンをポケットにおしこみながら、うやうやしく、おじぎをしました。

ホームズは、にこにこしながら、

「カートライトくん。またきみに、てつだってもらいたいことができたよ。ちょっと、やっかいなしごとなんだが、どうだ、やってくれるかね」

「ええ、やります。どんなことでも」

カートライトは、目をかがやかせながら、げんきよくこたえました。

ホームズは、かべにかけてある、大きな地図のまえへあるいていくと、ふりかえって、

「カートライトくん。ちょっと、この地図をごらん。そら、このチャーリング・クロス区には、ホテルが二十三げんあるだろう」

「はい」

「このホテルを、一けん一けんまわって、げんかん番にたのんで、紙くずかごを見せてもらうんだ」

「わかりました」

「もし、げんかん番に――なぜ紙くずかごなどが見たいのだ？　ときかれたら――だいじなてがみを、まちがえてはいたつしたから、ホテルを一けんずつ、しらべてまわっているんです。とこたえればいい。

げんかん番がかさねて――だいじなてがみが、どうして紙くずかごにおちているんだ？　ときいた

ら、こんどは——このホテルのお客さまに、ようのないてがみだから、きっと紙くずかごに、ほうりこまれてあるんだ。そうおもって、さがしているんです。とこたえるんだ。いいかい、わかったかね」

「はい。よくわかりました」

「だが、きみにさがしてもらいたいのは、そんなてがみじゃないんだよ。じつは、きのうの日づけのタイムズなんだ。それも、ところどころに、活字をきりぬいたあとのある新聞だ。もし、そういう新聞が見つかったら、すぐベーカー街の、わたしの事務所までとどけてくれたまえ。わかったね」

「はい。よくわかりました。しかし、もし見つからなかったら……」

「そのときも、おなじことだ。この銀貨をわたしておこう。ホテルのげんかん番に一まいずつやりたまえ」

カートライトは、ホームズから、二十三まいの銀貨をうけとると、ウサギのように店をとびだしていきました。

それを見おくりながらホームズは、

「ワトソンくん、なにをふくれているんだい。わたしがあの少年にたのんだことが、気にいらないのかね。きみには、もっとむずかしい、ぼうけんをやってもらいたいんだよ」

「えっ、ぼくに?」

「そう。そのまえに、あっておきたい男が、そろそろ、ベーカー街の事務所へ、たずねてくるころだ」

ホームズは、にやにやわらいながら、ワトソンをつれて、ベーカー街へひきかえしていきました。

さて、ふたりがベーカー街の事務所へかえって、しばらくすると、ベルがなって、あらあらしくドアがあき、ひとりの男が、のっそりとはいってきました。

ながいがいとうをきた、五十才ぐらいの、でっぷりとふとった、あからがおの男です。かわの手ぶくろを、はめているところをみると、たしかにさっきの馬車の、ぎょしゃにちがいありません。

「あんたかね、うちへでんぽうを、うちなさったのは？」

ぎょしゃは、ホームズをつかまえて、かみつくようにどなりました。

「そうだ。きみがあのときのぎょしゃだね」

「あのときだって？　おまえさんは、いったいこのわしが、なにをしたというのかね」

「きみは、けさ十時ごろ、黒いあごひげの男をのせて、このちかくまできたね」

「なに、黒いあごひげの？　すると、おまえさんは、あの黒ひげのだんなのことを、ごぞんじなのかね」

「そうだよ。わたしは、ある人のいのちをたすけたいために、あの黒ひげをはやした男について、すこしきみに、おしえてもらいたいことがあるんだ」

「それはこまる。わしは、あのだんなに、かたく口どめをされているんだ。なにしろあのだんなは、ゆうめいなたんていなんだからね」

「なに、たんていだって？」

ホームズは、目をまるくしていいました。

「そうだよ。あのかたは、大どろぼうをつかまえるために、ふたりづれの男をつけていたんだからね。まさかおまえさんは、あのふたりづれの、なかまではないだろうね？」

「ちがうとも。わたしは、黒ひげのだんなの、みかたなんだ」

「すると、あのかたの部下なのかね」

「きみは、あの黒ひげの男のなまえを、しっているのかね」

「しっていますとも。あのかたは、シャーロック・ホームズといって、イギリスじゅうでいちばんえらい、たんていさんなんだ」

「なにっ、シャーロック・ホームズだって？　あの男が、きみにそういったのかね？」

ホームズは、あきれたように、目をぱちくりさせて、ワトソンのほうをふりむくと、いきなり、

「ワトソンくん、どうやら、にせもののホームズ先生に、いっぽんやられたようだよ。あっははは」

と、ゆかいそうに、わらいだしました。

「いや、ありがとう。きみのおかげで、あの黒ひげの男が、ゆうめいなホームズたんていだということがわかった」

ホームズは、にこにこしながら、おれいをいって、ぎょしゃにかえってもらうと、すぐワトソンをつれて、ヘンリー卿のとまっているホテル「ノーサムバーランド・ホテル」へいそぎました。

百万ポンドの遺産

ノーサムバーランド・ホテルの、二十七号室にとおされたホームズは、ヘンリー卿と、モーティマ先生にむかって、けさからのできごとを、くわしくはなしました。

ヘンリー卿は、目をまるくして、

「ほう、その黒ひげの男というのは、いったい、なにものでしょう」

と、おどろきました。

「それは、まだわかりませんが、あなたが、ロンドンへおつきになってから、ずうっと、あなたを、見はっていたのにちがいありません。こうしてわたしが、このホテルへおたずねしていることも、きっとどこかで、見はっているかもしれません」

「けしからん。けいさつへたのんで、つかまえてもらいましょう」

「いや、それはできません。どこにいるのかわかりませんし、なんのしょうこもないひとを、むやみにつかまえることはできません。

それよりモーティマさん。バスカービルの館のちかくに、黒いあごひげをはやしている男はいませんか。としは五十才ぐらいで、せのたかさは、わたしより、いくらかひくいくらいです」

「さあ」

モーティマ先生は、しばらくかんがえていましたが、はっとしたように、

「あっ、います、います。バスカービル家の執事をつとめるバリモアという男です。この男は、たしかに、黒いあごひげをはやしていました。としは四十五才ですが、せのたかさは、ちょうどホームズさんより、すこしひくいくらいとおもいます」

「なるほど。そうすると、そのバリモアという男を、いちおう、うたがっておかねばなりませんね。バリモアは、チャールズ卿のなくなったことで、なにか、とくをすることでもありますか？」

「ええ。チャールズ卿のゆいごんによると、チャールズ卿が死んだばあいに、バリモアふうふで五百ポンドずつ、あわせて千ポンド（やく百万円）のお金をもらう、やくそくになっていました」

「なるほど。すると、その千ポンドのお金がほしさに、チャールズ卿をころしたということも、かんがえられないことはありませんね」

「ふーむ。しかし、ホームズさん。チャールズ卿の財産をうけるものを、いちいちうたがいになってはこまります」

「なぜですか？」

「げんに、このわたしなども、バリモアとおなじように、チャールズ卿の財産のなかから、千ポンドだけ、わけてもらうことになっていたのですから……」

モーティマ先生は、こまったように、つけくわえました。

しかしホームズは、そのことについては、なにもこたえず、またたずねました。

「これは、たいへんしつれいなしつもんですが、ヘンリー卿に、もしものことがあったばあいは、バスカービル家の財産は、どういうことになりますか？」

「それは、チャールズ卿の、とおえんにあたる、ジェームズ・デスモンドという牧師さんが、うけることになっています。しかし、この牧師さんは、たいへんよくのないひとで、まえから、チャールズ卿の財産などは、うけられないといって、おことわりになっていたそうです」

「その牧師さんは、どこにいますか？」

「ウエスト・モーランド村です」

「まさかとおもいますが、いちどあってみましょう」

ホームズは、デスモンド牧師の住所を、てちょうにかきとめました。

「いま、まっさきにしらべたいのは、バリモアです。そうだ、いいことがある。バスカービルの館にいるバリモアあてに、でんぽうをうってみましょう。そうすれば、バリモアがいるかどうか、はっきりわかります。もしバリモアが、黒ひげの男ならば、バスカービルの館に、いるわけがありません」

そういってホームズは、ワトソン少年に、でんぽう用紙をもってこさせ、

「ヘンリーキョウガ　ロンドンニ　ツイタ。チカイウチニ　バスカービルヘイクガ　ジュンビハヨイカ。ヘン　オリカエシ　オクレ。……モーティマ」

とかき、あて名は「バスカービル館内《やかたない》、バリモアどの」としたためました。

「さあ、これでよし。……だが、もしかすると、バリモアのおかみさんが、バリモアとぐるになって、バリモアのいないのに、いるように見せかけるかもしれない。そうだ。グリンペン村のゆうびん局長あてに、もういっぽん、うっておこう」

ホームズは、もう一まいのでんぽう用紙に、

「バリモアノデンポウハ　チョクセツ　バリモアニ　テワタサレタシ。モシ　バリモアガ　イナケレ

バ　タニンニワタサズ　ヘンソウサレタシ。……モーティマ」
そして「グリンペン村、ゆうびん局長どの」としるしました。

「これでだいじょうぶ。ゆうがたまでに、へんじがくるだろう。そうすれば、バリモアが、バスカービルの館にいるかどうか、はっきりわかる」

ホームズはワトソンに、二通のでんぽうを、うってくるようにいいつけました。

ホームズは、ワトソンがでていってしまうと、あらためていいました。

「モーティマさん。ほかにグリンペン村には、バスカービル家へ、ふだんでいりしているひとはありませんか?」

「わたしのほかにには、こんちゅう学者の、ステープルトンきょうだいと、天文きちがいのフランクランド老人ぐらいです。しかし、このひとたちは、チャールズ卿の財産とは、なんのかんけいもありません」

モーティマ先生が、ホームズに村のようすをはなしていると、つかいにいったワトソンが、かえってきました。

「先生。いまそこで、カートライトにあいました。先生のおたのみになったタイムズは、どこにも見あたらなかったそうです」

「そうか……。やっぱりだめだったか」

ホームズは、ヘンリー卿のほうへむきをかえると、きゅうに声をひそめていいました。

「ヘンリー卿。あなたのからだは、いよいよきけんになりましたぞ。あの黒ひげの男は、じつにぬけめのない、わるがしこいやつです。おそろしいやつです。

あいつは、まずチャールズ卿をたおし、こんどは、あなたのいのちをつけねらっていますよ。あなたがバスカービルの館へのりこむことは、おやめになってはどうですか」

「いや、ぼくのけっしんはかわりません」

ヘンリー卿は、きっぱりといいました。

「では、おとめしません」

「ホームズさん。あなたは、ヘンリー卿といっしょに、バスカービルの館へ、おいでいただけないのでしょうか」

モーティマ先生がたのみました。

「じつは、そうしたいのですが、いまは、それができないのです」

「なにかごようでも……？」

「ロンドンでおこった、べつの事件を、いま、しらべているさいちゅうなのです。それがおわりしだい、すぐ、バスカービルの館へとんでいきます」

「そうですか。ざんねんなことです」

「そうだ。わたしのかわりに、ここにいるワトソンくんをやりましょう」

「えっ、この少年を……？」

モーティマ先生は、おどろいて、ワトソンをふりかえりました。

「こどもだとおもって、ばかになさってはいけません。ワトソンくんには、わたしのかわりに、あなたをおまもりするだけの力も、ちえもあります」

「しかし……」

モーティマ先生が、こまったように、まゆをひそめていると、そばからヘンリー卿が、

「モーティマ先生。おたのみしたいじょう、ホームズさんのいうとおり、ワトソンくんに、きていただくことにしましょう」

と、はっきりこたえました。

ホームズは、にこにこしながら、

「それで、あなたは、いつロンドンをたたれますか？」

「土曜日のごぜん十時、駅でおあいしましょう。十時三十分に、グリンペンゆきの汽車がでますから」

四人が、そうだんをしているところへ、ホテルのボーイが、二通のでんぽうをもってはいってきました。

モーティマ先生は、そのでんぽうをボーイからうけとると、

「はやい。もうでんぽうが、とどいたらしい」

と、つぶやきながら、すぐホームズにわたしました。

ホームズは、みんなにわかるように、そのでんぽうを、テーブルの上に、ひろげてみせました。

「デンミタ　イツデモ　オイデコウ。……バリモア」

とかいてあり、いま一通は、グリンペン村のゆうびん局からきたもので、

「バリモアアテノ　デンポウハ　チョクセツ　テワタシタ。……グリンペンユウビン局」

と、なっていました。

「いよいよ、わからなくなった」

ホームズは、でんぽう用紙を、ひらひらさせながら、にやりとわらいました。

バスカービルの館へ

やくそくの土曜日。ワトソンは、ホームズにつれられて、グリンペンゆきの汽車がでるバッジントンの駅へむかいました。

グリンペンゆきの汽車は、朝の十時三十分に、でることになっていました。

ワトソンたちが駅についたときは、発車十分まえでしたが、まだヘンリー卿たちは、駅のどこにも見えませんでした。

「ワトソンくん。わたしは、きみをひとりで、グリンペンへやるのが、すこししんぱいになってきたよ」

「へいきですよ、先生。ぼく、いっしょうけんめいにやります」

「たのむよ。あいては、ゆだんのできない男だからね。そうだ、まんいちのようじんに、このピストルをあずけておこう。もし、ヘンリー卿があぶないとみたら、ようしゃなく、ぶっぱなしてかまわないよ」

「先生は、いつごろ、グリンペンへきてくださるんですか?」

「ロンドンの用が、すみしだいいくよ。もし、それまでに、ヘンリー卿にきけんがおこりそうだったら、すぐでんぽうをうってくれたまえ。とんでいくから……」

「はい」

「それから、天文きちがいの老人と、こんちゅう学者のきょうだいは、バリモアとおなじように、よく気をつけて、しらべてみるんだよ。わかったね」

「はい。わかりました」

ふたりがはなしているところへ、ヘンリー卿と、スパニールの犬をつれた、モーティマ先生が、にこにこしながらホームへ、すがたをあらわしました。

「あれから、なにもかわったことは、ありませんでしたか」

あいさつをすませたホームズは、すぐヘンリー卿にたずねました。

「べつに、なにもありません。ふたりとも、よく気をつけていましたが、れいの黒ひげの男も、あれっきり、すがたを見せないようです」

「むこうもようじんしているのでしょう。バスカービルの館へおいでになったら、どうか、くれぐれも、ようじんなさってください。黒ひげの男が、夜もひるも、たえずあなたのいのちを、つけねらっているのだ、ということを、けっしてわすれてはいけません」

「よくわかりました」

「へんだとおもうことがあったら、すぐこのワトソンくんの耳にいれてください。ワトソンくんを、このホームズと、おもってください」

「わかりました。なにごとも、少年たんていワトソンくんに、よくそうだんすることにしましょう」

ヘンリー卿は、にこにこわらいながら、ホームズと、かたく、わかれのあくしゅをかわしました。

「ホームズさん、では、おたのみしましたよ。わたしは、あなたが一日もはやくバスカービルの館へ、おいでくださるのをまっております」

モーティマ先生は、ぼうしをぬぐと、ていねいにホームズにあいさつしました。

ワトソンたち三人が、汽車にのりこむと、すぐベルがなって、グリンペンゆきの汽車は、のろのろとうごきだしました。

まどからのぞくと、せのたかいホームズが、いつまでもプラットホームにたって、しんぱいそうに、ワトソンたちの汽車をみおくっていました。やがてそれも、しだいに見えなくなってしまいました。

グリンペンゆきの汽車は、きもちよくはしりつづけていました。はじめのうちは、ロンドンの町はずれの、家のたてこんだところを、はしっていましたが、やがて、ひろびろとした郊外にでました。

十月の空は、うつくしくはれわたり、とおくの牧場《ぼくじょう》には、あめ色や、白黒の牛が、のんきそうに草をたべているのが見えました。

ヘンリー卿は、二十年ぶりで見るイギリスのいなかが、すっかり気にいったようすです。うつりかわるまどのけしきを、たのしそうに見ながら、ワトソンをあいてに、ゆかいなアメリカのカウボーイのはなしをして、きんげんなモーティマ先生までわらわせました。

ワトソンは、すっかりヘンリー卿が、すきになってしまいました。
二、三時間ほどたって、汽車がデボン州にはいると、まどの外のけしきが、きゅうにかわってきました。これまでは、よくたがやされたはたけや、なだらかな丘をつくっていた牧場が、いつのまにか、岩のごろごろした、あれ野《の》にかわっていました。
そして、とおくには、まるでのこぎりの歯のような岩山が、灰色のくもの下に、くろぐろとつきだしていました。

「あの岩山のむこうに、グリンペンのゆうめいな、そこなし沼があるのです」

モーティマ先生が、まゆをくもらせながら、ワトソンにおしえました。

それから三十分ほどして、やっと汽車は、山の中の小さな駅につきました。そこがグリンペン村のていしゃ場《じょう》でした。ここでおりたのはワトソンたち三人だけでした。よほど駅長もひまだとみえて、じぶんでヘンリー卿のトランクを、はこびだしてくれました。三人が駅をでようとすると、さくのところに、銃をもったふたりの兵がたっていて、ワトソンたちのほうを、じろりとにらみました。

駅まえのひろばには、二とうだての馬車が、まっていました。ぎょしゃは、つばびろのぼうしをかぶった、ひげのこい男でした。

「馬《ば》ていのパーキンズです。バスカービルの館から、むかえにきたのです」

モーティマ先生が、あいずをすると、パーキンズは、のっそりと馬車からおりてきて、ぼうしをとっておじぎをしましたが、ひとことも口はききません。いかにも、いなかものらしい、しょうじきで、がんこそうな男です。

ワトソンたちがのりこむと、馬車は、ごとごとと音をたてながら、石ころのおおい山みちをはしりだしました。

しばらくいくと、右手のがけの上に、さっき駅で見たのと、おなじような兵たいが、銃をかまえて、じっとワトソンたちの馬車を見まもっていました。

「どうしたのだね、パーキンズ。ほうぼうに兵たいがたっているが、なにか事件でもあったのかね」

モーティマ先生は、きみわるそうに、たずねました。すると、パーキンズが、

「へえ、ろうやぶりがあったでがす。きちがいのセルデンが、三日まえに、プリンスタウンけいむし

ょをにげだして、このちかくの岩山へにげこんだそうでがす。けいさつや軍たいが、むちゅうでさがしておりますだが、まだつかまらねえでがす」

と、こたえました。

「きちがいのセルデン」のことは、ワトソンも、ずっとまえに、ホームズから、きいたことがあります。たいへんならんぼうもので、どんなざんこくなことでも、へいきでするような男でした。

「セルデンの首には、けんしょう金がついておりますだ。いけどりにしたものには、五十ポンドのほうびがもらえますだ」

「ほう。そりゃ、たいしたものだ。どうだ、パーキンズ。おまえもひとつ、セルデンをつかまえにでかけてみたら……」

「とんでもねえだ。たとえ百ポンドもらったって、セルデンとかかわりあいになるのは、ごめんだね」

パーキンズは、かたをすくめながらこたえました。

しばらくすると馬車は、ひろびろとした、あれ野にでました。シダがおいしげり、ところどころに黒い岩山が、まるで海にうかぶ小島のように見えました。

あのバスカービル家の、ふしぎな伝説のなかにでてくるアンという少女が、ユーゴーにおわれて、はだしのままにげたというのは、きっと、このあれ野にちがいありません。

夕日はもうまもなく、西の山へしずもうとして、空もあれ野も、血のように、まっかにそまっていました。どこからともなくふいてくるつめたい風に、ワトソンがおもわず、ぶるぶるっと、身ぶるいしたときでした。

「やあ、バスカービルの館がみえる」

と、ヘンリー卿が、馬車の上にたちあがって、さけびました。

はっとしてワトソンが、目をみはると、はるかな丘の上に、四、五百年もたったかとおもわれる、ふるいお城が、そびえたっていました。

さきのとがったふたつの塔が、ゆうやけの空をバックにして、まるであくまの耳のように、くろぐろと見えています。

あのふたつの塔のどちらかに、アンが、とじこめられたのです。

バリモアのあごひげ

ワトソンたちをのせた馬車は、がらがらと音をたてて、シシの紋章をほりこんだ、大きな石の門をくぐりぬけ、ニレの並木みちをはしりぬけて、げんかんの車よせへ、ぴたりとつきました。

すると、がんじょうなカシのドアのまえにたっていた、せのたかい男が、むねをはったまま、石だんをおりてきたかとおもうと、馬車のとびらをあけて、

「ヘンリーさま。ようこそ、おいでなさいました。さきほどから、おまちもうしあげておりました」

と、はげかかった頭を、ひくくさげました。

ひとめ、その男を見たワトソンは、

(ああ、これがバリモアだな)

とおもいました。なぜなら、その男は、四十五、六の、じつにがんじょうなからだつきをしていて、耳の下から、あごへかけて、黒いあごひげを、ふさふさとはやしていたからです。

「バリモアだね。ごくろうをかけた」

ヘンリー卿は、馬車の上から、おうようにうなずきました。

バリモアが、まめまめしく、馬車のなかから、ヘンリー卿のトランクやカバンを、はこびだしていますと、館のなかから、四十ぐらいの、ひどくかお色のわるい女がでてきて、ヘンリー卿に、うやう

やしくあいさつしました。

「わたしのかないのエリザです」

バリモアがヘンリー卿に、しょうかいしました。エリザは、なにかしんぱいごとがあるのか、目のまわりが黒ずんで、ほおもげっそりとこけ、まるでゆうれいのように、ふわふわしていました。

にもつがすっかり、はこびこまれてしまうと、モーティマ先生は、にわではねまわっている犬をよびよせ、ステッキをとると、

「ヘンリー卿。わたしはこれで、しつれいさせていただきます。うちでも、かないが、わたしのかえりを、まちわびておりますから……」

と、かえろうとしました。

「モーティマ先生。せっかく、ここまでおいでくださったのですから、ついでに、夕ごはんでも、めしあがっていらしっては、いかがです」

ヘンリー卿が、すすめましたが、

「それはたいへんありがたいのですが、わたしはうちに、病人を二、三人あずかっておりますので、ひとまずかえらなければなりません。

いずれまた、あらためておうかがいいたします。なにか、きゅうなごようがありましたら、おつかいをください。すぐとんできますから……。

では、ワトソンくん、あとをよろしくたのみましたぞ」

モーティマ先生は、こういって、パーキンズの馬車にのって、となり村へかえっていきました。

ヘンリー卿とワトソンは、バリモアにみちびかれて、はじめてバスカービルの館へだい一ぽをふみ

いれました。

ワトソンは、じぶんのうしろで、おもい、がんじょうなカシの大とびらが、ギーッと、とじる音をきくと、おもわずからだじゅうが、つめたくなるような気がしました。

はいったところは、てんじょうのたかい大ひろまでした。むかしふうに、大きなしょく台が、てんじょうからぶらさがり、数十本のろうそくが、あかるくまたたいていました。そのひかりは、へやのすみずみまではとどかず、ぼんやりとしていました。

ワトソンは、あのユーゴーという、バスカービルのせんぞが、この大ひろまで、おどりくるっていたのかとおもうと、あまりいい気もちはしませんでした。

おまけに正面のかべには、黒馬にまたがったユーゴーの肖像画が、たかいところからワトソンたちを見おろしています。

(この館にはいると、ろくなことはないぞ)

といいながら、じっとにらみつけているようです。

「どうもこの館は、あまり、すみごこちのいいところではないな」

あのほがらかなヘンリー卿までが、すっかり、こころぼそくなってしまったのか、だんろの火をかきたてながら、ワトソンにつぶやきました。

「夜のせいですよ。それに、ぼくたち、とても、おなかがすいているんです」

ワトソンは、ヘンリー卿をげんきづけるように、大きな声でこたえました。すると、どこできいていたのかバリモアが、風のようにあらわれて、

「これはどうも、とんだしつれいをいたしました。エリザが、ただいま食堂のしたくをしております

から、もうしばらく、おまちくださいまし。そのまに、ちょっと二階のおへやへ、ごあんないいたしましょう」

バリモアが、さきにたってあんないしようとすると、ヘンリー卿は、いすへこしをおろしたまま、

「それより、この館には、おまえたちのほかに、なん人いるのかね」

「はい。わたくしどものほかには、だいどころばたらきの、女中がふたりおります。あとは馬《ば》ていのパーキンズだけでございます」

「みんなでたった五人か。これだけの大きなたてものに、わずか五人のめしつかいでは、なにかとふじゆうだろう。もうすこし、ふやしてはどうかね」

「なくなられたご主人さまが、おつきあいが、おきらいだったものですから、五人だけでもけっこうまにあいましたが、しかし、これからは、そういうわけにもまいりますまい。まずあたらしい執事から、見つけなければなりません」

「なに？　というと、おまえはここを、やめるつもりなのかね」

「はい。なるべくなら、おひまをいただきたいと、おもっております」

「なぜかね。きゅうりょうがやすいとでもいうのかね。それともぼくがきたことが気にいらないのかね？」

「とんでもございません。わたくしどもがやめたいのは、この館におりましては、なにかにつけて、なくなられた、大だんなさまのことが、おもいだされ、かなしくなるからでございます」

「ひまをとって、これからどうしようというのだ」

「はい。大だんなさまのおかげで、いくらかたくわえもできましたので、かないとふたりで、なにか

小さなしょうばいでも、はじめたいとおもっております」

「いったい、いくらたくわえができたのかね」

ヘンリー卿は、いじわるそうにバリモアの黒いあごひげを、じっと見つめながらたずねました。バリモアが、ちょっとこまったように、もじもじしていると、だいどころのドアがすーっとあいて、エリザがはいってきました。

「わかだんなさま。お食事のよういができましてございます」

と、ひくい小さな声でいいました。

夜なかの泣き声

食事をすませると、ワトソンとヘンリー卿は、さっそくめいめいのへやへ、ひきとることになりました。

バリモアは、しょく台をもって、ふたりのさきにたち、二階へあがっていきました。

ひろまから、だいり石のりっぱなかいだんが、二階へつうじていました。

かいだんをのぼりきると、ひろいろうかがあって、りょうがわに、客間らしいへやが、ずっとならんでいます。

まず、いちばんおくの、りっぱなへやへ、ヘンリー卿をあんないしたバリモアは、

「あなたは、こちらのへやに、おとまりください」

といって、となりのへやを、ワトソンにあてがいました。

ドアをあけて、中へはいると、かびくさいにおいが、むっとはなをつきました。へやの中には、ふるいかたちのベッドが、まどのちかくに、ぽつんとおいてあるだけでした。

ワトソンは、ねるまえに、まどのカーテンをあけて、にわをのぞいて見ました。すると、ニレの木《こ》の葉《は》が、夜風をうけてザワザワとなっています。そのはるかむこうに、まるで、はかばのように、しずまりかえったあれ野が、さむざむとつづいていました。

ワトソンは、きゅうに、こわくなって、カーテンをしめてしまいました。ふりむくと、うしろのかべに、じぶんのかげぼうしが、大きくおばけのように、ゆらゆらとゆれていました。

ワトソンは、びっくりして、ろうそくの火をふきけすと、あわてて、ベッドの中へもぐりこんでしまいました。

しかし、いくらねようとしても、なかなかねつかれません。そのうち、下のひろまから大時計の、ときをつげる音が、大きくきこえてきました。

ワトソンは、なんども、ねがえりをうちながら、はやくねようとおもいました。そのうち、どのくらいたったでしょう。とろとろとしたかとおもうと、とつぜんワトソンは、なにか、きみのわるいさけび声をきいて、はっと目をさましました。

しかし、ひろい館の中は、まるで水をうったように、しーんとしずまりかえって、きこえてくるのは、あのひろまの大時計の音だけです。

「ぼくは、ゆめを見たのかな……?」

ワトソンがつぶやきながら、またねむろうとしたときです。またも、どこからか、きみのわるいなき声がきこえてきました。

たしかにそれは女のなき声です。かなしみにみちた、女のなき声でした。

ときがときだけに、きのつよいワトソンも、おもわず、水をあびせられたように、ぞっとしました。

(こんな夜なかに、いったい、だれがないているんだろう……。もしかすると、アンのゆうれいかもしれないぞ)

そうおもうとワトソンは、いよいよこわくなって、もう、ねむるどころではありませんでした。

しかし、きみのわるいなき声は、それっきりきこえてはきませんでした。

ワトソンは、すっかりねむけをさまされてしまい、それからながいあいだ、ぼんやりとおきていました。

それでもあけがたには、さすがにつかれて、ぐっすりと、ねむってしまったようです。

あくる朝、ワトソンが目をさましたときには、もう太陽が、いきいきと、たかくのぼっていました。まどのステンドグラス（かざりガラス）からさしこむ日のひかりが、ゆかの上に、にじのような七色のかげを、おとしているのを見ると、きゅうに、げんきがでてきました。

「ヘンリーさん、おはようございます」

ワトソンはげんきよく、となりのへやへとびこんでいきました。

「やあ、ワトソンくん。おはよう。ゆうべは、ねられたかね。ぼくは、だめだった」

ヘンリー卿は、まどのカーテンをあけながら、大きなあくびをしました。

「ぼくもねむれませんでした。きみのわるいなき声がしたので……」

「なにっ、なき声だって……？　すると、あの声は、ゆめではなかったんだね」

「いったい、だれがないていたんでしょう」

「バリモアをよんで、きいてみよう」

ヘンリー卿は、ふんがいしたように、ぶらさがっているベルのひもを、つよくひっぱりました。しばらくすると、きちんと身なりをととのえたバリモアが、ドアをあけてはいってきました。

「だんなさま。おはようございます。ごきげんは、いかがでいらっしゃいますか」

「あまりよくないよ」

「えっ？」

「ゆうべ、夜なかに、みょうな女のなき声をきいて、ぼくらはねむれなかったんだ。いったい、この館の中で、だれがないていたんだ？」

バリモアは、へんじにこまったように、ちょっとかお色をかえましたが、たちまち、またもとの、つめたい石のようなかおつきにもどると、

「女のなき声……？　それは、みょうでございますな。おおかたそれは、のらネコのなき声でございましょう」

「いや、ネコじゃない。たしかに人間のなき声だった。ぼくばかりじゃない。ここにいる、ワトソンくんも、はっきりときいているんだよ」

「わたしには、わかりません」

バリモアは、がんこにいいはると、いそいでへやから、でていってしまいました。

「こまったやつだ」

ヘンリー卿は、にがわらいをすると、ワトソンといっしょに、朝めしをたべに下の食堂へおりていきました。

すると、いれちがいにバリモアのおかみさんが、あわててだいどころのドアをあけて、にげるように食堂からでていきました。

「ワトソンくん、わかったよ。ゆうべないたのは、あのバリモアのおかみさんだ」

たしかにそうです。ちらりとみたエリザのかおは、ゆうべないたように、まぶたをまっかに、はら

していました。

「バリモアが、ぼくたちにうそをつくようでは、あのでんぽうも、あやしいですね。ぼくは、これからゆうびん局へいって、ほんとうにバリモアへ、でんぽうをわたしたかどうかよくしらべてきたいとおもいます」

ワトソンは、食事をすませると、いそいでとびだしていきました。

グリンペン村のゆうびん局は、まったく名ばかりのゆうびん局で、おどろいたことに、はんぶんが、やお屋の店になっていました。

「一週間ほどまえ、バスカービルの館あてに、ロンドンから、てんぽうが二通、とどいたでしょう」

ワトソンは、頭のはげた局長をつかまえて、きいてみました。

「ああ、おぼえているよ」

「あのでんぽうは、まちがいなく、バリモアへ手わたしてくれましたか」

「わたしたとも。ちゃんとサインをもらってきてあるよ」

「あなたが、じぶんでとどけたんですか」

「わしはとしよりだからな。いそぎのでんぽうは、うちのこぞうが、とどけることになっているんだ。おいっ、ジェームズ」

局長のじいさんが、店のおくへどなると、目のくりくりした、やお屋のこぞうが、おくからとびだしてきました。

「なんです、だんな」

「バスカービルへとどけたでんぽうは、バリモアさんへ、ちょくせつ、わたしてくれたんだっけな？」

「はい。おかみさんのエリザさんに、わたしましたよ」

「えっ、おかみさんに？」

「だって、バリモアさんは、三階のやねうらべやにいて、手がはなせないっていうから、おかみさんにわたしたんだよ。ちゃんとサインはもらってあるよ」

「それじゃ、そのときバリモアさんが、たしかにそこにいたかどうか、わからないわけだ」

おもわずワトソンが、そうさけぶと、局長のじいさんは、むっとしたように、

「おまえさんはいったい、どこのこどもだ。なんだってまた、そんなにうるさく、しらべるんだ。サインさえもらえば、わしのほうにおちどはないんだぞ」

と、どなりました。

ワトソンは、あわてて、ゆうびん局をとびだしました。

こんちゅう学者

（そうだ。バリモアが犯人なら、ぴったりと、はなしがあうぞ。……ゆうべの、あのあやしいなき声だって、バリモアのおかみさんが、じぶんたちのしたことを、こうかいして、ないていたんだとすれば、ちゃんとりくつにあうわけだ。

あのとき、ロンドンでうけとった、あやしいてがみだって、バリモアのおかみさんが、ここからロンドンにいる、ともだちにたのんで、モーティマ先生のとまっているホテルへおくらせたのかもしれない。

いよいよ、バリモアが、あやしくなった）

ワトソンが、あれこれ、ちえをしぼりながら、いなかみちを、いそいでいると、とつぜん、うしろから、

「きみっ、ワトソンくん。ちょっと、まってくれ」

と、よびとめるものがあります。

ふりかえると、みどり色の登山服をきて、むぎわらぼうしをかぶった、三十才ぐらいの男が、こんちゅうあみをもって、そこにたっていました。

「あなたはどうして、ぼくがワトソンだということが、わかったんですか？」

ワトソンは、ふしぎそうにたずねました。

すると、その男は、にこにこしながら、

「ぼくは、沼のむこうにすんでいる、ステープルトンという、こんちゅう学者だ。きみのことは、モーティマ先生からきいているんだよ。ホームズたんていのかわりに、バスカービルの事件をしらべに、この村へきたんだろう。

なにも、おどろくことはないさ。ところでヘンリー卿は、げんきでいるかね」

「ええ、とてもげんきですよ」

「それは、けっこうだ。じつはね、チャールズ卿が、『まぼろしの犬』にとりつかれて、あんな死にざまをしたんで、あとつぎのヘンリー卿が、バスカービルの館へくるのを、こわがっているのではないかとおもって、ぼくはしんぱいしていたんだよ」

「そんなことはありませんよ。ヘンリー卿は、アメリカの教育をおうけになったかたですから、そんなめいしんなど、すこしも気になさりません」

「すると、ワトソンくん。きみも、チャールズ卿が死んだのは、ただのしんぞうまひだとおもっているのかい」

「もちろんです」

「ロンドンにいるホームズたんていも、きみと、おなじいけんかな」

「もちろんです。ぼくがここへきたのは、モーティマ先生にたのまれたからです。もし、チャールズ卿の死に、あやしいてんがあるなら、ホームズ先生は、じぶんでここへとんできますよ」

「なるほど、そうだろうな。どうだね、ワトソンくん。ここまできたんだから、ちょっとぼくのうちへ、よっていかないか。ここで採集した、めずらしいこんちゅうのひょうほんが、たくさんあるよ」

ステープルトンは、きゅうにやさしい声でいいました。

「あなたのおうちは、このちかくですか？」

「すぐそこだよ。ほら、あそこに見える、青いやねの家が、ぼくのメリピット荘だ」

ステープルトンは、こんちゅうあみをたかくあげて、ゆびさしました。

ちょうどそこで、みちはふたつに、わかれていました。

右は、バスカービルの館へかえるみち。左は、沼地へつうじるほそいみちで、そのゆくてには、いちめんシダのおいしげったあれ地が、まるで海のように、ひろびろとひろがっていました。

そして、そのあれ地のむこうに、こだかい丘がみえ、青いやねのたてものが、ぽつんとたっていました。

ワトソンは、こころのなかで、

（さて、どうしよう。いま、いちばんあやしいのはバリモアだ。……しかし、ホームズ先生は、このステープルトンきょうだいのことも、くわしくしらべなければいけないと、おっしゃっていた。いまなら、しらべるには、ちょうどいいきかいだ。なにくわぬかおで、メリピット荘をたずねてみよう）

そうつぶやくと、ワトソンは、できるだけそんな気もちを、さとられないように、ようじんしながらききました。

「ほんとうに、めずらしいこんちゅうが、たくさんいるんですか？」

「いるとも、きみなど、見たこともないチョウが、たくさんいるよ」

「ぼく、こんちゅうをあつめるのが、とてもすきなんです」

「それはよかった。じゃ、ぼくといっしょにきたまえ」

ステープルトンは、にこにこしながら、さきになって、あるきはじめました。

そこなし沼

「この沼地は、じつにふしぎなところだよ」

まがりくねった山みちを、あんないしながら、ステープルトンが、はなしだしました。

「そら、あのあれ地のところどころに、草がこんもりとしげったところが、見えるだろう。あれがなんだか、きみにわかるかね？」

「さあ。まるでアメリカの西部の、アリゾナ平原みたいですね。ぼく、馬にのってとばしてみたいな」

「とんでもない。そんなことをしたら、いのちが百あってもたりないぞ」

「なぜです？　もうじゅうでも、いるんですか」

「あの草むらのなかには、グリンペンのゆうめいな、そこなし沼が、くちをあけてまっているんだよ。その沼は、ちょっと見たところ、あさそうだけど、じつは、たいへんどろぶかくて、いちどおちたらさいご、二どと、うきあがれないんだ。

ときどき、このあれ地にまよいこんだ、牛や馬が、そこなし沼におちて、いのちをとられることがあるんだ……。おやっ、あの声は……？」

ステープルトンは、とつぜんたちどまって、じっと耳をすませました。すると、どこからともなく、かなしそうな馬のいななきが、風にのってきこえてきました。

「しまった。また一とう、やられたらしいぞ。……ワトソンくん。こっちへきてごらん」

ステープルトンは、ワトソンを、こだかい丘の上へつれていきました。

すぐ目の下に、こんもりとしげった草むらが見え、そのかげに、灰色のにごった沼が、ちらりとかおをのぞかせていました。

そして、いましもその沼に、一とうのくり毛の馬がおちこんで、首をたかくもたげ、かなしそうに、いななきながら、しきりに、もがいているのでした。

「かわいそうだ。たすけてやろう」

ワトソンが、かけだそうとすると、ステープルトンは、びっくりして、

「やめたまえ。あのそばへいったら、きみまで沼へおちてしまうぞ」

と、ひきとめました。

見ているうちに、かわいそうな馬は、ずぶずぶと、どろの中にひきこまれて、たちまち見えなくなってしまいました。……それはまるで、沼のそこに怪物がいて、馬の足をつかんで、ひきずりこんでいるようでした。

あやしい沼は、馬をのみこんでしまうと、またひっそりと、なにごともなかったように、しずまりかえってしまいました。

ワトソンは、なんともいえないおそろしさをかんじ、おもわず、ぶるっと身ぶるいしました。しかし、ステープルトンは、いつも見なれているらしく、へいきなかおをして、

「馬という動物は、りこうなようでいて、あんがいばかなもんだよ。あのそこなし沼のちかくには、

やわらかい草がしげっているので、それをたべようとして、どろ沼に足をふみこんでしまうのだ。ことに、ことしの秋は、雨がおおかったので、ああいうどろ沼が、たくさんできているんだ」

「それじゃ、馬だけではなくて、人間もうっかり、あるけませんね」

「そうだとも。村のひゃくしょうたちも、このあれ地には、ほとんど足をふみいれない。ぼくは、この村へきてから、まだ三年にしかなっていないが、この沼のふきんで、いつもこんちゅうをつかまえているおかげで、いまでは村のだれよりも、このへんの地理にあかるいんだ。

そら、あのあれ地のまん中に、大きな岩山が見えるだろう」

ステープルトンは、じまんそうに、沼地のまん中に、ぽつんと、小島のようにうかんでいる、岩山をゆびさしました。

「あの岩山へいくみちをしっているものは、この村で、ぼくひとりだけだ。あの岩山にはいろいろなめずらしい植物がしげっているし、世界じゅうのこんちゅう学者たちが、よだれをたらしそうなこんちゅうが、たくさんすんでいるんだよ」

「えっ、ほんとうですか？　それじゃ、ぼくも、ぜひいちど、いってみよう」

ワトソンが、いきをはずませていうと、ステープルトンは、あわてて手をふりながら、

「とんでもない。ぼくでさえ、わずかな目じるしをたよりに、やっといかれるくらいなんだから、きみなどがひとりでいったら、それこそ、どろ沼におちこんでしまうよ」

と、とめました。

しばらくいくと、とつぜん、どこからともなく、ふしぎなさけび声が、きこえてきました。はじめは、すすりなくような、かなしそうな声だったのが、だんだんと大きく、ほえるような声にかわり、

いつのまにか、またむせびなくように小さくなって、空のかなたにきえていきました。

ワトソンは、おもわずたちどまって、

「あ、また馬が……」

と、さけびました。すると、ステープルトンは、にやりとわらって、

「あれは馬ではないよ」

「では、なんです。ヒツジですか」

「いや、ヒツジでもない。村のひゃくしょうたちは、あの声を、バスカービル家のまぼろしの犬だといっている」

「えっ、まぼろしの犬ですって……?」

ワトソンは、あきれたようにききました。

「ステープルトンさん。あなたは、科学者のくせに、バスカービルのめいしんをしんじるんですか」

というと、ステープルトンは、かたをすくめながら、

「ワトソンくん。このあれ地には、いまの科学だけではせつめいできない、ふしぎなことが、たくさんあるんだよ。

あのみょうなさけび声も、そのひとつだ。もっともぼくは、あれは、けものの声ではなくて、この沼地のいちぶが、地のそこへおちこむ音だとおもっているが。しかし、はっきりと、そのなぞをとくことはできない」

「でも、さっきの声は、たしかに生きものの声でした。ことによると、山どりのなき声かもしれませんね」

「もし山どりなら、ぼくなどの見たこともない、めずらしいとりにちがいない。この沼地には、まだほかに、たくさんふしぎなことがある。たとえば、あの岩山のほらあなだ」

と、ステープルトンは、岩山をゆびさしました。

「えっ、ほらあなに、なにかいるんですか」

「きみは、きちがいセルデンが、このあれ地ににげこんだことを、しっているだろう」

「ええ、しっています」

「そのセルデンが、あのほらあなに、かくれているのかもしれないんだよ」

「ステープルトンさん。あなたは、それを見たんですか」

ワトソンが、びっくりして、たずねると、ステープルトンは、それにはこたえず、

「や、あすこに、シクロピジス（めずらしいガの一種）が、とんでいく。しめた。ワトソンくん。ちょっとしつれい」

いうがはやいか、こんちゅうあみをふりあげると、ひらひらとんでいく、きいろいガのあとをおって、かけだしていきました。

きのどくに、ガは、なかなかつかまりません。ひらひらと、はねをひるがえしながら、沼地の上を、たかくひくく、とんでいきます。

ワトソンは、ステープルトンが、あまりむちゅうになって、そこなし沼へ、はまりこみはしないかと、はらはらしながら見ていました。

そのとき、とつぜんうしろのほうで、だれかちかづいてくる、けはいがしました。ワトソンは、はっとして、ふりかえってみました。

すると、そこに、十四、五のきんぱつのうつくしい少女が、たっていました。

(あ、これがステープルトンのいもうとだな)

ワトソンには、すぐそれがわかりました。ステープルトンに、よくにていたからです。——いまそこで、ステープルトンさんに、おめにかかりましたよ。と、ワトソンがいおうとすると、それよりさきに、うつくしい少女が、いきなりさけびました。

「おねがいです。はやくロンドンにかえってください」

ワトソンは、びっくりしました。

「なせです? ぼくは、きのう、ここへきたばかりです」

「わかっていますわ。でも、ここにいては、きけんです。あなたが、バスカービルの館にいると、たいへんなことがおこります」

ワトソンは、ますますおどろいて、

「たいへんなことって、いったい、どんなことですか」

「それはもうしあげられません。……あっ、にいさんが、もどってきましたわ。どうか、いまのことは、ないしょにしておいてくださいね」

ステープルトンが、あみをまいて、いそぎ足に、こちらへ、ひきかえしてくるのを見ると、うつくしい少女は、きゅうにそわそわして、にげだそうとしました。

「やあ、ベリル。いつきたんだ」

ステープルトンは、うさんくさそうに、いもうとのベリルを、にらみました。

「いまきたばかりよ。ニワトリがにげだしたので、おいかけてきたのよ」

「ニワトリなんか、どこにもいないじゃないか」

「その草むらの中に、にげこんでしまったのよ」

「そこはきけんだ。おいかけるのはやめろ。……ワトソンくん。ぼくのいもうとです」

ステープルトンが、いもうとのベリルを、ワトソンにしょうかいすると、ベリルは、びっくりして、

「あらっ、このかた、ヘンリー卿じゃありませんの？」

と、まっかになりました。

「なに、ヘンリー卿だって？　おい、ベリル。おまえ、このひとをだれだとおもっているんだ。ホームズたんていの助手をしている、ゆうめいなワトソンくんだぞ」

「まあ」

「このあわてもののめ。はやくかえって、ひるめしのよういでもしろ。これからぼくは、このワトソン

くんを、メリピット荘へあんないするつもりでいたんだ」

「ごめんなさい。すぐしたくをするわ。おいしいウサギの肉がありますから……」

ベリルは、うつくしいきんぱつを風にひるがえすと、まるでじぶんがウサギのように、丘のほうへ、はしっていってしまいました。

そのとき、ワトソンのはなに、どこからともなくジャスミンのかおりが、ぷーんと、におってきました。

（おやっ、このにおいは、どこかでいちどかいだことがあるぞ。あっ、そうだ。あやしいてがみについていた、あの香水のにおいだ。

すると、あのてがみをヘンリー卿へおくったのは、このステープルトンのいもうとにちがいない。これはゆだんができない）

ワトソンは、きゅうにからだがひきしまりました。が、とにかく、メリピット荘へいってみることにしました。

メリピット荘の二階には、ステープルトンが、じまんするだけあって、まだワトソンなどが見たこともない、めずらしいこんちゅうのひょうほんが、山のように、つみかさねてありました。

「どうです、びっくりしたでしょう。ぼくは、イングランドの北部の学校で、先生をしていたんだ。ところが三年まえに、このグリンペン村へ、こんちゅうをさがしにきて、ここが、すっかり気にいってしまったのさ。

いもうとは、さびしがって、ロンドンへいきたいらしいが、ぼくはこのグリンペン村をはなれたくないんだ。なにしろ、このグリンペン村は、こんちゅうの天国だからね」

「いいえ、わたくしだって、すこしもさびしくないわ。ご本がたくさんあるし、モーティマ先生だって、おくさんだって、わたしのことを、かわいがってくださるわ」

いもうとのベリルは、そういって、あのジャスミンのかおりを、あたりに、ぷんぷん、ふりまきながら、ワトソンに、すばらしいウサギの肉を、たべきれないほど、ごちそうしてくれました。

そのほがらかなようすを見ていると、このメリピット荘には、すこしのくらいかげも、見つけだすことはできませんでした。

ちゃ色の洋服

　ワトソンは、バスカービルの館へかえると、すぐヘンリー卿に、グリンペンのゆうびん局でしらべてきたことを、くわしくはなしました。

「ふーむ。そいつは、ゆだんができない。よしっ、すぐバリモアをよんで、とっちめてやろう」

　気のみじかいヘンリー卿は、さっそく、よびりんのひもをひっぱりました。

　すると、すぐバリモアが、いつものように、れいぎただしく、はいってきました。

「だんなさま。およびでございますか」

「うん、バリモア。ちょっとおまえに、ききたいことがあるんだ。いつぞやロンドンからおまえあてにモーティマ先生が、でんぽうをうってよこしたことがあるだろう。あのでんぽうは、おまえがうけとったのかね」

「はい、だんなさま。たしかにわたしがうけとりました」

「でんぽうをもってきたのは、ゆうびん局の局長だったかね。それとも、あの店のこぞうだったかね」

「さあ、たぶん、やお屋のこぞうだったとおもいます。いそぎのでんぽうは、いつもこぞうが、局長のかわりにとどけにきますから」

「うそをつけ。あのときにかぎって局長が、じぶんでとどけにきたのだ」

ヘンリー卿は、わざとわなをかけてみました。すると、あんのじょう、バリモアは、こまったように、もじもじしながら、

「じつをもうしますと、だんなさま。はじめにでんぽうをうけとったのは、わたしではございません」

と、うちあけました。

「では、だれだ?」

「わたしのかないでございます。ちょうど、あのときわたしは、三階のやねうらべやで、いすのていれをしておりましたので、かないのエリザにいいつけて、でんぽうをうけとらせました」

「うけとりに、サインしたのはだれだ」

「はい。エリザがいたしました」

バリモアのこたえには、なんのあやしいところもありません。すっかり、ワトソンがしらべてきたことと、ぴったりあいます。

ヘンリー卿は、するどい声で、

「バリモア。おまえはそのとき、このバスカービルの館をぬけだして、ロンドンにいっていたんだろう」

と、といつめました。

すると、バリモアは、びっくりしたように、

「だんなさま。おことばをかえすようで、まことに、しつれいでございますが、とんと、がてんがい

きません。このバリモアは、このバスカービルの館へつとめて、もうなん年にもなりますが、いちどだって、館を、るすにしたことはありません」

と、くってかかりました。

ヘンリー卿は、すっかりまごついてしまって、

「いや、バリモア。いったのなら、いったと、はっきり、こたえてくれさえすればいいのだ。ぼくは、ものごとを、きちんとしておくのが、なによりもすきでね」

「わたしもおなじでございます。あっ、いまおもいだしました。あの日、ちょうどメリピット荘のベリルさまが、にわの花をもらいにお見えになりました。ベリルさまは、けっして、うそがおつきになれるかたではございません。ぜひメリピット荘へいって、おたずねくださいまし」

いよいよヘンリー卿は、こまってしまい、

「バリモア。うたがって、ぼくがわるかった。おわびのしるしに、これをあげよう」

そういって、ロンドンからもってきたトランクをあけ、ちゃ色のふくを一組つかみだすと、むりにバリモアのうでへにぎらせました。そのふくは、ヘンリー卿がロンドンにいるあいだ、きていたものでした。

バリモアは、やっときげんをなおして、へやからでていきました。

「ワトソンくん。きみのおかげで、ふくを一着そんしたよ。はっははは」

ヘンリー卿は、にがわらいしながら、たばこに火をつけました。

ところが、このとき、なにげなくバリモアにわたした、ちゃ色のふくが、まもなくたいへんなことになるのでした。

ろうそくのあいず

その夜、ワトソンは、けさからのぼうけんを、つぎつぎにおもいだして、ベッドにはいってからも、なかなかねつかれませんでした。

夜なかの十二時すぎまでねつかれず、ベッドの中で、なんども、ねがえりをうっていると、とつぜん、そとのろうかで、かすかなものおとがしました。

ワトソンは、じっとしたまま、しばらく耳をすませました。だれかが、こっそりとろうかを、しのび足にあるいていく足おとのようでした。

(いまじぶん、だれだろう?)

すばやくとびおきると、ドアをほそめにあけてみました。

だれかが五メートルほどさきを、ゆっくりとあるいていきます。かた手に、ろうそくをもっているので、大きなかげぼうしが、ゆらゆらと、ゆかの上にうつっています。

せのたかい、がっしりしたかた……。それはひとめで、バリモアだとわかりました。

(へんなやつだ。いまじぶん、どこへいくんだろう。よし)

ワトソンは、はだしのまま、そっと、バリモアのあとをつけました。

バリモアは、足おとをしのばせて、ヘンリー卿のねているへやのまえをとおりすぎ、ながいろうかを、館の東のほうへすすんでいきます。

（おかしいぞ。あいつは、塔へのぼるつもりかな？）

ワトソンは、くびをかしげました。館の東のはずれには、塔へのぼるかいだんしかありません。

そのうちバリモアは、そのせまいかいだんを、ミシリミシリと音をたてながら、のぼっていきました。そして、ワトソンが、あとをつけていることもしらずに、塔の上にある、あきべやの中へ、すうっと、すがたをかくしました。

（あっ、このへやは、ふしぎな伝説にでてくる、かわいそうなヒツジかいのむすめが、とじこめられていたところだ）

ワトソンは、どきどきしながら、ドアのかげにしのびよると、そっとへやの中をのぞいてみました。

すると、バリモアは、まどのそばにたって、右手に、しょく台をたかくかかげながら、じっと、にわのむこうを見つめていました。

しばらくすると、バリモアは、右手にもったしょく台を、ゆっくりと、あげたりさげたりしはじめました。そして、ふたたび、そとのくらやみを、じっと見つめていましたが、こんどはしょく台を、右へ、左へと、よこにうごかしはじめました。

（ははあ、バリモアのやつ、そとのだれかに、あいずをしているんだな）

ワトソンは、とびあがるほどおどろきました。しばらくすると、バリモアは、とつぜん、ろうそくの火を、ふきけしました。そして、こちらへひきかえしてくるようすです。

ワトソンはびっくりして、ドアのかげからにげだしました。

ワトソンが、すばやく、じぶんのへやへにげもどっていると、しばらくして、そっと、ろうかをつたわるバリモアらしい足おとが、こちらへちかづいてきました。そして、まもなく、黒いかげが、ドアのそとをとおりすぎていきました。

あくる朝はやく、ワトソンは、とびおきると、ゆうべバリモアのはいった、塔の上のあきべやへいってみました。

そこは、いすも、テーブルもない、がらんとしたあきべやで、ただひとつ、大きなまどが、グリンペンのあれ野にむかって、ひらいているだけでした。

ワトソンは、まどから、そとをのぞいてみました。すると、このへやのまどが、館の中で、いちばんながめのいい場所だ、ということに気がつきました。

青いやねのメリピット荘も、きみのわるい岩山も、天文きちがいのフランクランド老人のすんでいる、三階だての石づくりのたてものも、このまどからなら、ひとめで見わたすことができました。

それだけにワトソンには、バリモアがグリンペン村のだれに、ひかりのあいずをおくったのか、けんとうがつかなくなってしまいました。

「とにかく、ヘンリー卿にしらせよう」

ワトソンは、いそいで塔をおりると、ゆうべのバリモアのあやしいふるまいを、ヘンリー卿につげました。

「なるほど、それはあやしい。ぼくもバリモアが、まいばんのように、館の中をあるきまわることは、まえから気がついていた。しかし、たぶん戸じまりでも、見てまわっているんだろうとおもって、あんしんしていたんだよ。けしからんやつだ。よしっ、こん夜、きみとふたりで、あいずをしているところを、つかまえてやろう」

ヘンリー卿は、ふんがいしたように、にわへでていきました。

その夜、ワトソンは、十時をすぎると、そっと、へやをでて、ヘンリー卿のへやへもぐりこみ、ヘンリー卿といっしょに、ねたふりをして、バリモアのあらわれるのを見はっていました。

しかし、十二時がすぎ、一時になっても、とうとうバリモアは、すがたをあらわしませんでした。

「バリモアのやつ、われわれがここにいるのを、気がついたのかな？」

ふたりは、がっかりして、その夜はあきらめて、ねむることにしました。

ふつ日《か》めの夜、またワトソンは、ヘンリー卿のへやへいって、見はりをつづけることにしました。

一時がすぎ、二時がすぎても、バリモアはあらわれません。ただきこえるのは、ひろまの大時計の、ときをきざむ音ばかりです。やれやれ、こん夜《や》もだめか……と、おもったとき、ワトソンは、くらやみの中で、ぎゅっと、ヘンリー卿に手をにぎられました。

バリモアがやってきたのです。

バリモアは、おとといの夜、ワトソンが見たときと、おなじかっこうで、ミシリミシリと、塔の上の、あきべやにあがっていきました。

ヘンリー卿とワトソンは、ネコのように、ゆかをはいながら、あきべやにしのびよっていきました。

すると、このあいだとおなじようにバリモアが、まどからそとへ、なにやらあいずをしていました。

ヘンリー卿は、しばらくのあいだ、じっとバリモアのようすを見まもっていましたが、いきなり、さっとたちあがると、あきべやの中へとびこんでいきました。

「おい、バリモア。なにをしているんだ」

ぎょっとしたバリモアは、たちまち、ちぢみあがってしまいました。

「な、なにも、しておりません。戸、戸じまりを、見ておりましたので……」

「ばかもの。このたかい塔の上へ、だれがしのびこめるものか……」

「で、でも、ようじんするに、こしたことは、ご、ご、ざいません」

「うそをつくな。おまえは、いま、ろうそくのひかりを、あげたりさげたりして、さかんに、だれかにあいずしていたじゃないか」

「め、めっそうな……」

ろうそくをもつバリモアのうでが、ぶるぶると、こまかに、ふるえています。

そのときです。ワトソンが、ふと、まどのそとをのぞくと、はるかむこうの沼地にある岩山の上で、ちらりと、かすかなあかりが見えました。

「あっ、あかりが見える。そら、あそこに。あの岩山に、だれがかくれているんだ！」

すぐヘンリー卿も気がついたらしく、はげしく、バリモアをといつめたときでした。

「だんなさま、おまちくださいまし」

と、さけんで、ころげるようにエリザがとびこんできました。

エリザは、ヘンリー卿のまえに、がばと、身をふせると、

「おゆるしくださいまし。わるいのは、みなわたくしでございます。主人には、なんのつみもございません。あの岩山には、わたくしのかわいそうな、おとうとがかくれているのでございます」

と、なきながらさけびました。

「よせ、エリザ。なにもしゃべるな。わたしたちさえ、この館からでればすむことだ」

「いいえ、いけません。わたくしたちは、チャールズさまに、ふかいごおんをうけております。めっ

たにおひまを、いただくわけにはまいりません」

「エリザ。いったい、おまえのおとうというのは、だれなんだ」

「はい。きちがいのセルデンでございます」

「なに、セルデン？　あのろうやぶりのセルデンが、おまえのおとうとだったのか」

ヘンリー卿は、びっくりして、ワトソンとかおを見あわせました。

どうくつの怪人

わるものだとばかりおもっていたバリモアは、いがいにも、たいへんこころのやさしい男だったのです。

沼地の岩山にかくれているセルデンが、おなかをすかして、わるいことをしてはたいへんだとおもい、ヘンリー卿たちにかくれて、そっとたべものをやっていたのでした。

「ろうそくのあいずは、こん夜、たべものをもっていってやるということを、しらせるためだったのです。そうしないと、わたしを、つかまえにきた男だとまちがえて、らんぼうするしんぱいがあったからです」

バリモアに、すっかりひみつをうちあけられて、つぎつぎになぞがとけていきました。夜なかのあやしいなき声も、エリザが、おとうとのつみをかなしみ、ベッドの中でないていたのだ、ということがわかりました。

「かわいそうなやつだ。しかし、うっちゃっておくことはできない。バリモアのかみさんにはきのどくだが、はやくセルデンをつかまえて、けいさつへわたさないことには、いつまた、らんぼうをはじめるか、わからないからな」

「そうです。あの岩山のそばには、ステープルトンさんの、メリピット荘があるんです。もしセルデンが、メリピット荘でも、おそうようなことがあったら、たいへんです。いっしょに、つかまえにいきましょう」

あくる日の夜、ワトソンとヘンリー卿は、岩山のどうくつへ、セルデンをつかまえにいくことになりました。

ふたりは、バリモアにきづかれないように、りょう銃をもって、こっそりバスカービルの館を、ぬけだしました。

空はうすぐもっていましたが、ときどき青い月のひかりが、くものあいだから、こぼれおちてきました。

ふたりは、メリピット荘のあかりを目あてに、そこなし沼におちこまないようにようじんしながら、そっと岩山へちかづいていきました。

そこなし沼のほとりに、ふたりがちかづいたときでした。とつぜん、あやしいけもののなき声が、きみわるくきこえてきました。いつかワトソンがきいたことのある、きみのわるいなき声でした。

「ワトソンくん。いまのなき声は、たしかに犬のようだ。……もしかすると、バスカービルの、まぼろしの犬ではないだろうか」

ヘンリー卿のかおは、月のひかりのせいか、まっさおにかわっていました。

「ステープルトンさんは、あの声を、まぼろしの犬が、えものをよびあつめる声だといっていました。しかし、そんなことは、めいしんにきまっています」

「いや、ワトソンくん。はじめはぼくも、そうおもっていたが、じっさいに、ここであのなき声をきいてみると、めいしんだといって、わらっていられなくなった」

「なぜです」

「なぜだか、じぶんでもわからない。ただ、そんな気がするんだ。しかし、もうだいじょうぶだ。ぼくたちは、りょう銃をもっているんだから」

ヘンリー卿は、あくまをおいはらうように、首をふると、またさきにたって、岩山のほうへすすんでいきました。

やっと岩山にたどりついたふたりは、セルデンのかくれている、ほらあなを見つけるために、せまい岩のあいだを、足おとをしのばせて、つぎつぎにあるきまわりました。

「やっ、あそこにろうそくの火が……」

ワトソンは、ぎょっとして、たちどまりました。と、つぎのしゅんかん、ちょうど頭の上の岩かげから、火のついたろうそくをもったセルデンの、まっくろなひげだらけのかおが、ぬっとあらわれました。

「あっ！」

セルデンは、けもののようなさけび声をあげると、いきなり、くるりと身をひるがえしてにげだしました。

バリモアが、たべものをもってきたのだとおもって、そっとちかづいてきたところ、それがおもいもかけない、りょう銃をにぎっているヘンリー卿のすがただったので、おどろいたのです。

「まてーっ！」

「とまらぬと、うつぞ！」

ワトソンたちは、いっせいにさけびました。しかしセルデンは、ふりむきもせず、まるでゴリラのようないきおいで、がけの上をよじのぼっていきました。

ワトソンたちは、つづけざまに二はつ、おどかしのたまをうちました。が、なんのききめもありません。がけの上に、よじのぼったセルデンは、りょう手に、ぐっと大きな石をさしあげると、

「さあ、きてみろ」

と、さけびました。つぎのしゅんかん、おそろしいいきおいで、ふたりのそばへ、大きな岩が、がらがらと音をたてて、ころげおちてきました。

「あぶない。にげよう」

ヘンリー卿とワトソンは、セルデンをつかまえるのをあきらめ、あわてて、そこからにげだしました。しばらくいくと岩のかげに、大きなどうくつのあるのを、ワトソンが見つけました。

「ここがセルデンの、かくれがかもしれない。ちょっとしらべてみよう」

ヘンリー卿は、ワトソンがとめるのをふりきって、どうくつの入口へ、ちかづいていきました。

「おやっ、あなの中に、だれかいるらしいぞ」

「セルデンのやつが、かえってきているんでしょう」

「ワトソンくん、へんだぜ。このどうくつの中にいるのは、ふたりだぜ」

「えっ、ふたり？」

「そうだ。なにかしゃべっている。しかも、ひとりはこどもらしい。しばらくかくれていて、ようすを見よう」

ヘンリー卿は、ワトソンといっしょに、岩のかげに身をひそめて、そっと、見はっていました。

三十分ばかりたつと、どうくつの中から、ぼろぼろのふくをきた、黒いあごひげの男が、ぬっとす

がたをあらわしました。そして、あとからとびだしてきた、十四、五の少年に、なにかいいつけると、その少年は、まるでウサギのようなはやさで、岩のむこうへとんでいってしまいました。

「ワトソンくん。あの男は、セルデンとはちがうぞ」

「ロンドンにあらわれた、黒いあごひげの男にちがいありません。これは、きけんです。あの男にうっかり手をだしたら、たいへんなことになります。こん夜は、このままかえって、ホームズ先生にでんぽうをうって、ここへきてもらいましょう」

ワトソンは、むりやりヘンリー卿をひっぱって、バスカービルの館へ、ひきあげてきました。

ふたりが、へやの中へはいろうとすると、ひろまのすみのくらがりから、

「だんなさま。おかえりなさいまし」

と、バリモアの声がしました。

「なんだ、バリモアか。おまえ、おきていたのか」

「はい。セルデンは、つかまりましたでしょうか」

「ぼくたちが、セルデンをつかまえにいったことを、おまえはしっていたのか」

「はい」

「しんぱいすることはない。うまくにげられたよ」

バリモアは、ほっとしたように、ハンカチでかおのあせをぬぐうと、

「だんなさまに、おねがいがございます。セルデンをつかまえるのは、あと一週間だけ、おまちねがえませんでしょうか」

「なぜだ？」

「わたしは、セルデンを、南アメリカへ、にがしてやりたいのです。あと一週間たちますと、あれののっていく船のよういもできますし、ここから港までぬけだす手はずも、ととのいます。どうぞ、だんなさま。エリザをふびんとおもわれましたら、わたしどものさいごのたのみを、ききとげてやってくださいまし」

「………」

「そのかわりだんなさまには、だれもごぞんじないことを、おおしえいたします」

「なにっ、だれもしらないこと?」

「はい。チャールズ卿さまの、なくなった夜のことでございます」

ヘンリー卿はおどろきました。

「あの夜、チャールズ卿さまは、ニレの並木みちで、あるおかたと、おあいになるやくそくがあったのです」

「あるおかたと……?　いったい、それはだれなんだ」

「メリピット荘の、ベリルさまでございます」

「えっ、ベリルさんと……?　あのステープルトンのいもうととか」

ふたりは、とびあがるほどおどろいて、バリモアの黒いあごひげの、はえているかおを、じっと見つめました。

ぼうえん鏡の中の顔

「いったいメリピット荘のベリルさんが、なんのために、おじにあいにきたのだ」

「それは、わかりません」

「では、ベリルさんは、あの夜、まぼろしの犬を見たにちがいない。ベリルさんにきけばチャールズ卿の死のひみつも、はっきりわかるわけだ。ワトソンくん。メリピット荘へいって、ベリルさんにきいてみよう」

あくる日、ヘンリー卿は、ワトソンといっしょに、あれ地にあるメリピット荘へ、いくことになりました。

沼地ぞいのほそい山みちを、メリピット荘のほうへふたりがあるいていくと、右手のこだかい丘の上に、石づくりの、三階だてのたてものがあるのに、気がつきました。

「ワトソンくん。あれが天文きちがいの、フランクランド老人の家だよ。おやっ、これはみょうだ」

ヘンリー卿は、そこへたちどまると、ふしぎそうにやねをゆびさしました。やねの上には、いつもりっぱなぼうえん鏡が、レンズを空へむけてそなえつけてあるのに、きょうにかぎって、岩山のほうへ、水平にレンズをむけてあるのです。

「へんですね。ちょっとフランクランドさんに、あってみませんか」

ワトソンが、そういうと、すぐヘンリー卿もしょうちして、石づくりの家のベルをならしました。すると、しばらくして、まっ白なかみの毛をした、あからがおのおじいさんが、ぬっとあらわれました。

「やあ、ヘンリー卿だね。しばらく見ないうちに、りっぱなしんしになられたもんだ」

フランククランド老人は、なつかしそうにヘンリー卿を、むかえいれました。

「この少年が、あなたのぼうえん鏡を、のぞいてみたいというので、おたずねしました」

ヘンリー卿が、そういうと、

「それはちょうどよかった。星のかわりに、いいものを見せてあげよう」

フランククランド老人は、にこにこしながら、ふたりをやね上《うえ》へあんないしました。

「ヘンリー卿。わしは、このぼうえん鏡で、岩山へにげこんだ、セルデンをさがしているんだよ」

「えっ、セルデンを？」

「のぞいてみたまえ。セルデンのかくれがに、ちゃんとレンズを、あわせてあるから」

ワトソンは、びっくりして、ぼうえん鏡をのぞいてみました。すると、おどろいたことに、きのうヘンリー卿とたんけんした、あの岩山のどうくつが、はっきりと、レンズの中にうつしだされました。

フランククランド老人は、とくいそうに、

「どうだ、おどろいたかね。じきに、もっとおどろくことがおこるぞ。ほら、岩のかげから、ちびがとびだしてきただろう。

あのこぞうが、セルデンに、どこからか、たべものをはこんでくるんだよ。岩山ににげこんだセルデンのやつが、なぜうえ死《じに》せずに、きょうまで生きているのか、これでがてんがいったろう」

と、からからとわらいました。

なるほど、ワトソンがのぞいていると、フランクランド老人のことばどおり、岩かげから、ゆうべのすばしっこい少年が、とびだしてきました。

ゆうべは、はっきりわかりませんでしたが、こうしてひるま、あかるいレンズでのぞいてみると、その少年のかおは手にとれるように、はっきりと見ることができました。

（おやっ、どこかで見たことのあるかおだ）

ワトソンは、じっとレンズをのぞいているうちに、あぶなく、さけび声をたてるところでした。なぜなら、その少年は、まぎれもなく、ロンドンのべんり屋のこぞうだったからです。そうです。あのカートライト少年だったのです。

（カートライトが、ここにいるいじょう、ホームズ先生が、いないはずはない。すると、あのふしぎな黒ひげの山男は、ホームズ先生のへんそうだったのか）

ワトソンは、とびあがっておどろきました。ホームズ先生は、ワトソンだけをバスカービルへいかせ、あいてをゆだんさせておいて、じぶんはこっそりと黒ひげの男にへんそうして、岩山の中から、見はっていたのにちがいありません。

「メリピット荘へいくまえに、ぼくはあのどうくつへいって、ちょっと、しらべてきたいことがあります」

ワトソンは、ホームズが岩山にきていることを、ヘンリー卿にかくして、ひとりだけで、岩山へあいにいこうとしました。

「きみひとりでかい？」

「そうです。あなたがきては、きけんです」

ヘンリー卿は、しぶしぶ、バスカービルの館へひきかえしてゆきました。

ワトソンは、ひとりになると、口ぶえをふきながら、岩山のどうくつへ、はしっていきました。

どうくつの中は、ゆうべとおなじように、ひっそりとしずまりかえっていました。ワトソンは、ろうそくに火をつけると、まっくらなあなの中へ、そっとはいっていきました。

しばらくいくと、あなのおくから、すやすやと、気もちのよさそうなねいきが、きこえてきました。

（やっぱりホームズ先生は、えらいな。こんなきけんなところにいながら、へいきでひるねができるんだからな）

ワトソンは、かんしんしながら、なおもおくのほうへすすんでいきました。三メートルばかりすすむと、どうくつは、右のほうへおれまがっていました。

ワトソンは、まがりかどまでくると、岩のかげから、そっと首をだして、あなのおくをのぞいてみました。

すると、ちょうど、そのおくがゆきどまりになっていて、やく四メートル四《し》ほうの石のへやになっていました。

へやのまん中には、いろりがきってあって、たきぎがくすぶっています。

そのかたわらに、もうふをかぶって、黒いあごひげをはやした、山男みたいなホームズが、すやすやとねむっていました。

ワトソンは、そうっとそばへいって、ホームズを、おもいきりびっくりさせてやろうと、おもいました。

そして、ひと足、まえにふみだしたときです、とつぜん、足もとの地面がなくなり、ワトソンのからだは、ずるずるっと、下のほうへころげおちてしまいました。

「やっ、カートライト。はやくつかまえろ。野ネズミがわなにかかったぞ」

いままで、ねむっているとばかりおもっていた山男が、もうふをはねのけてとびおきると、ワトソンのころげおちた、おとしあなへ、はしってきました。

「あっ、きみは、ワトソンくんじゃないか？」

おとしあなの中をのぞきこんだ山男、じつはホームズたんていは、びっくりしてさけびました。

「ワトソンくん。どうしてこんなところへ、ひとりでやってきたんだ」

ホームズは、カートライト少年にてつだわせて、やっとワトソンを、おとしあなの中からすくいあげました。

「先生こそ、なぜぼくにだまって、こんなどうくつに、かくれていたんです」

ワトソンは、ふんがいしたように、ホームズをにらみました。

「いや、ごめん、ごめん。きみのことがしんぱいなので、ここで見はっていたんだよ」

「すると、ぼくが、ロンドンへおくったてがみは、ぜんぜんやくに、たたなかったわけですね」

ワトソンが、がっかりしたようにたずねると、ホームズは、にこにこしながら、

「おおいにやくにたったよ。きみのてがみやでんぽうは、ここにいるカートライトくんが、みなロンドンからはこんでくれたからね。おかげで、バスカービルの館のなぞは、じきにとけそうだよ」

ワトソンは、ホームズたんていの、いつにかわらぬようじんぶかさに、あらためてかんしんしました。

セルデンのさいご

「先生、ここはとてもきけんです。きちがいのセルデンが、この岩山のどこかにかくれているんです」

「わかっているよ。ワトソンくん、なぜわたしが、そのきけんをおかしてまで、ここにいるのかわかるかね」

「ぼくたちのためにでしょう」

「むろん、それもあるよ。しかし、もうひとつ、だいじなやくめがあるんだよ。わたしがここにいるのは、そこなし沼のまん中にある、もうひとつの岩山を、しらべたかったからだよ」

「えっ、あの岩山を？」

「そうだ。きみのてがみに、あの岩山には、めずらしいこんちゅうが、たくさんいるそうです。と、かいてあったね」

「はい。ぼくもいちど、いきたいとおもっていたんです」

「ワトソンくん。わたしは、こんちゅうをつかまえに、あの岩山へいくんじゃない」

「すると……？」

「わかるかね。きみは、ステープルトンにあったとき、あの岩山へいくのはきけんだ、といわれただろう」

「はい」

「なぜそのとき、きみは、ステープルトンをうたがわなかったんだ」

「えっ、ステープルトンを？」

「そうだよ。ステープルトンのやつは、あの岩山のどこかで、まぼろしの犬をかっているんだ」

「それで先生は、その犬を見つけたんですか」

「ざんねんだが、まだ見つけられん。あの岩山へいくのは、なかなかきけんなんだ。だい一に、ステープルトンに、見つかるきけんがあるし、だい二には、沼へおちこむきけんがある」

「では、なぜあんな岩山へ、犬をかくしておくんでしょう」

「きまっているじゃないか。われわれのゆだんを見すまして、まぼろしの犬に、ヘンリー卿を、おそわせるつもりなんだよ」

「するとチャールズ卿をころした犯人は、あのステープルトンだったのですか？」

ワトソンは、びっくりして、ホームズのかおを見つめました。

「そのとおりだ。そのわけを、よくせつめいしてあげよう」

ホームズたんていは、カートライトに、どうくつのそとへいって、見はっているようにいいつけると、いつもベーカー街の、たんてい事務所にいるときとおなじように、パイプに火をつけました。

「ワトソンくん。きみは、ステープルトンのいもうとが、あのあやしいてがみに、ついていたとおなじ、ジャスミンのにおいを、からだにつけていたといったね」

「はい」

「わたしは、それをきいたとき、まちがいなく、ステープルトンが犯人だ、とにらんだんだよ。いもうとのベリルは、兄のステープルトンに、つみを、かさねさせたくないため、あのてがみを、おくってよこしたんだよ」

「あっ、それで、もうひとつのなぞも、とくことができます」

ワトソンは、目をかがやかせて、あの事件の夜、バスカービル家へベリルが、チャールズ卿をたずねてきて、ニレの並木みちであったことを、ホームズにはなしました。

「それはたぶん、ベリルは、ステープルトンが、チャールズ卿をねらっていることを、しらせにいったのだろう。だが、まさかステープルトンが、あなたをつけねらっているとはいえないから、まぼろしの犬が、館のまわりをうろついているから、くれぐれもようじんするように、たのみにいったのだろう」

「そうしてふたりが、あのニレの並木みちで、はなしあっているところへ、まぼろしの犬が、あらわれたわけですね」

「そのとおりだ。まぼろしの犬を見たチャールズ卿は、ぎょうてんして、あずまやのほうへにげだした。ふだんから、しんぞうのわるいチャールズ卿は、犬にかみつかれるまえに、あまりのおどろきにしんぞうまひをおこして、そこへたおれてしまったわけだ」

「先生。メリピット荘へいって、はやくステープルトンをつかまえましょう」

そういってワトソンが、たちあがったときです。

とつぜん、どこからともなく、あのおそろしい沼地のさけび声が、しずかなゆうぐれの空気をやぶって、きこえてきました。

「あっ、まぼろしの犬だ！」

ホームズのかおが、さっとかわりました。そのとき、どうくつのそとへ見はりにたたせておいたカートライトが、ばたばたと、はしってきました。

「どうしたっ、カートライト」

「たいへんです。ちゃ色のふくをきた男が、がけからころげおちたようです」

「なにっ、ちゃ色のふく……？」

「あっ、ヘンリー卿だ」

三人は、あおくなって、どうくつをとびだすと、だんがいの上へはしっていきました。

「ワトソンくん。きみのせきにんだぞ。ヘンリー卿は、きみをさがしに、この岩山へのぼってきたんだ。ステープルトンのやつが、それを見つけて、まぼろしの犬に、おいかけさせたんだ。ヘンリー卿は、にげそこねて、ここからおちたにちがいない。はやくいって、たすけよう」

ホームズはさきにたって、がけをはいおりると、岩のあいだにころげおちている、ヘンリー卿のそばへ、はしりよりました。

「だめだ。もう死んでいる……」

そういいながらホームズが、ヘンリー卿のかおを、のぞきこんだかとおもうと、あっとさけんで、とびあがりました。

「やっ、これはヘンリー卿ではない」

「えっ」

「きちがいのセルデンだ！　なぜこいつが、ヘンリー卿のふくなどきているんだろう」

ホームズは、ふしぎそうに、ちゃ色のふくをひっぱりました。

「先生。そのふくは、このあいだ、ヘンリー卿が、バリモアにやったんです」

「なにバリモアに？　ははあ、それでわかった。バリモアは、セルデンにこのふくをきせて、ヘンリー卿にへんそうさせ、パーキンズの馬車にのせて、この村からにがしてやるつもりだったんだ」

ホームズのことばに、ワトソンもうなずきました。

「ワトソンくん。きみは、ロンドンのホテルで、ヘンリー卿が、くつをぬすまれたことをおぼえているかね」

「はい。おぼえています」

「あれをぬすんだのは、ステープルトンだよ」

「なぜ、あんなふるぐつなど……？」

「そのふるぐつが、なによりもだいじだった。というわけは、ヘンリー卿のにおいが、しみこんだくつを、まぼろしの犬にかがしておいて、ヘンリー卿を、おそわせるつもりでいたんだ」

「そうですか。それでわかりましたよ、先生。まぼろしの犬は、ちゃ色のふくにしみついている、ヘンリー卿のにおいをかいで、セルデンともしらずおそったわけですね」

「そうだ。セルデンは、よくよくうんのわるい男だ。バリモアのおかみさんが、またなげくことだろう」

ホームズは、ふたりにてつだわせて、セルデンを、バスカービルの館へ、はこんでいくことにしました。

ホームズは、セルデンの死がいを、かかえあげようとしましたが、とつぜん、

「おや、あれは……?」

と、さけんで、じっと、がけの上を見あげました。さっきまで、三人がたっていたがけの上に、ひとりの男がたって、じっとこちらを見おろしていたからです。

「ステープルトンだ。あいつは、じぶんのかけたわなを、たしかめにきたんだ。……いいかい、ワトソンくん。われわれが、あいつをうたがっていることを、さとられちゃだめだぞ。なんにも、しらんふりをしているんだ。……そら、きたぞ」

しばらくすると、ステープルトンが、がけの下にすがたをあらわしました。

「そこにいらっしゃるのは、もしや、ホームズ先生ではありませんか?」

「あなたは?」

ホームズは、わざとしらないふりをして、たずねました。

「メリピット荘のステープルトンです。いま、みょうな犬の声がきこえたので、しんぱいして見にきたのです。やっ、これは、ヘンリー卿ではありませんか?」

ステープルトンは、わざとおどろいたように、セルデンのかおをのぞきこみましたが、はっとしたように、

「あっ、これはセルデンだ!」

と、さけびました。

「やっとこれで、グリンペン村も、しずかになりますよ。わたしもこれであんしんして、ロンドンへかえれます」

ホームズがそういうと、ステープルトンがたずねました。

「ホームズさん。あなたは、チャールズ卿をころした犯人をつかまえに、ここへきたんじゃないのですか」

「その犯人なら、もうつかまえました」

「な、なんですって？」

「バリモアです。あの男が、セルデンといっしょに、山犬をつかって、チャールズ卿をおどしたのです」

ホームズは、にこにこしながらこたえました。

ホームズは、バスカービルの館へ、セルデンの死がいをはこびこむと、すぐヘンリー卿にあって、これまでのできごとをはなし、メリピット荘のステープルトンが、犯人であることをおしえました。

「しかしホームズさん。なぜステープルトンが犯人なのでしょう。百万ポンドの財産は、チャールズ卿をころしても、あの男のふところに、ころげこみはしませんよ」

ヘンリー卿は、ふしぎそうに首をかしげました。

「ところが、手にはいるわけがあるのです」

「と、おっしゃると？」

「ヘンリー卿。あのユーゴーの肖像画をごらんなさい。あのひげをとると、ステープルトンのかおに、そっくりになりますぞ」

ホームズは、にこにこしながら、かべにかけてある、「バスカービル家の鬼」といわれた、ユーゴーの肖像画をゆびさしました。

ヘンリー卿は、びっくりしたように、

「やっ、ほんとうだ。すると、あのステープルトンきょうだいは、ぼくらと血がつながっているわけですか」

と、さけびました。

「そうです。わたしは、三年まえに、ステープルトンがつとめていた、という学校へいって、あの男の身もとをしらべてきたのです。そこで、ステープルトンきょうだいが、あなたの、いとこにあたることがわかりました。

なくなったチャールズ卿には、あなたのおとうさまのほかに、いまひとり、小さいときに人さらいにあって、ゆくえしれずになった、いもうとさんがあったのです」

「すると、ステープルトンきょうだいは、そのぼくのおばにあたる人の、こどもだったわけですね」

「そのとおりです」

「おそろしいことだ。われわれの血には、先祖のユーゴーのわるい血が、まじっているのです」

ヘンリー卿は、まっさおになって、身ぶるいしました。

「ヘンリー卿。このうえは、ステープルトンをつかまえるために、われわれもわなをかけなければなりません。

それに、わたしは私立たんていで、あの男をつかまえる、けんりはありません。

われわれ三人は、あすロンドンへかえると見せかけて、カートライトくんだけをロンドンへやり、わたしとワトソンくんは、ここへひきかえしてきます」

「なるほど」

「そこであなたは、あすのゆうがたから、メリピット荘へあそびにいってください」

「ぼくが……?」

ヘンリー卿は、しんぱいそうに、かおをくもらせました。

「そうです。しんぱいはありません。わたしたちふたりに、カートライトがよんでくる、ロンドンけいし庁のレストレード警部が、あなたをおまもりします」

「メリピット荘へいって、ぼくは、なにをするのです」

「だまってごちそうになり、夜おそく、あの沼地をひとりでかえってくるのです」

「きけんはありませんか」

「だいじょうぶです」

　ホームズは、にっこりとわらいました。

　さて、そのよく日《じつ》、太陽が西にしずみ、そこなし沼のあるあれ地いったいに、白いきりがたちこめるころ、ヘンリー卿は、ひとりでメリピット荘へ、ステープルトンきょうだいをたずねました。

　メリピット荘の見える、あれ地のアシのかげでは、三人が身をふせてまっています。

「もう十二時だというのに……。まさか、ヘンリー卿は、メリピット荘へ、とまるんじゃあるまいね」

　ロンドンからかけつけたレストレード警部が、しんぱいそうにホームズにいいました。

「まさか犯人の家に、とまりこむゆうきはあるまい」

　ホームズがわらったときです。

「あっ、ヘンリー卿がきた！」

　と、ワトソンがさけびました。

　白いきりの中をヘンリー卿は、アシのかげに、ホームズたちが、かくれていることもしらず、こつこつと、とおりすぎていきました。

そのときです。ホームズが、

「ううむ」

と、うなりました。

とつぜん、白いきりのカーテンをひきさくようにして、いきなり目のまえに、世にもおそろしい怪物が、とびだしてきたのです。

その怪物をみたとたんに、ワトソンは、あまりのおそろしさにいきがとまり、からだじゅうの筋肉が、こちこちになってしまいました。

ついに、まぼろしの犬が、あらわれたのです。

からだじゅうが、うるしをぬったようにまっ黒な、子牛ほどもある犬が、口と目だまから、まっさおな火をふきだしながら、ヘンリー卿のあとをおって、まっしぐらにかけてきたのです。

「うてっ、うてっ！」

ホームズが、さけびました。

ワトソンとレストレード警部が、つづけざまに、ピストルをぶっぱなしました。

そのとき、とつぜんゆくてで、

「わあっ！」

というひめいが、耳をつんざきました。ヘンリー卿です。

ヘンリー卿は、まるで、七つか八つのこどものように、ひめいをあげながら、ころげまわるうち、ついにげばをうしなって、がけの下へおいつめられてしまいました。

とたんに犬が、もうぜんと、ヘンリー卿にとびかかりました。

「ああ」

おもわずワトソンがさけぶと、どうじに、あとをおいかけていったホームズが、いきなり犬にとびつきました。

まぼろしの犬は、ヘンリー卿をふりはなすと、こんどはホームズめがけて、とびかかってきました。

そこへ、レストレード警部がかけつけてきましたが、なにしろ、ホームズと犬が、上になり、下になりしてたたかっているので、手のだしようがありません。

やっと、すきを見つけて、きちがい犬のせなかから、一ぱつうちこみました。

犬のからだが、ぐらりと、よろめきました。ホームズは、すかさずとびおきると、そのよこはらに、ピストルの銃口をおしあてて、つづけざまにたまをうちこみました。

さすがのまぼろしの犬も、ついに力がつきたのか、おそろしいうめき声をあげて、ぶったおれてしまいました。

「ああ、ホームズさん、ありがとうございました」

ヘンリー卿は、ふらふらしながらたちあがると、まぼろしの犬を、おそろしそうにのぞきこみました。

「ヘンリー卿。もうあんしんです。これで、まぼろしの犬もきえました。こいつは、ただの山犬だったのです。目や口のまわりに、リンという薬品をなすりつけ、まるで、あおい火をふいているように見せかけたのです」

にこにこしながらこたえていたホームズが、とつぜん、なににおどろいたのか、

「あぶないっ！」

と、さけんで、いきなりヘンリー卿をつきとばしました。
と、どうじに、ヘンリー卿の耳をかすめて、一ぱつのたまが、とびさりました。

白いきりのカーテン

見ると、白いきりのかなたのだんがいの上に、まっくろな人かげが、りょう銃をかまえていました。

「あっ、ステープルトンだ。あいつめ、まぼろしの犬のしゅうげきがしっぱいしたので、われわれを、うちころすつもりなんだよ」

「よしっ。こっちには、ピストルが三ちょうある。たまのつづくかぎり、たたかうぞ」

岩かげに身をかくした四人は、だんがいの上のステープルトンをねらって、ピストルをうちはじめました。

ダーン。ダーン。

すさまじい銃声が、耳をつんざくたびに、岩にあたったたまが、石のかけらを、はなびのように、とびちらせました。

だんがいの上と下、おまけに、あいてはりょう銃です。どうしても、ホームズのほうが、おされがちになるのはあたりまえです。

「むりをするな。けっして頭を岩の上にだすな。もうむこうのたまがなくなるころだ」

ホームズがいったように、きゅうにりょう銃が、ぴたりとなりをひそめました。

「しめたっ。たまがなくなったぞ」

レストレード警部は、ぱっと岩かげからとびだすと、りょう銃をなげすててにげだしたステープルトンのあとを、おっていきました。

やっと四人が、レストレード警部をせんとうにして、だんがいの上にのぼりつめると、やく百メートルほどさきを、ステープルトンが、まるくなってにげていきます。

ちょうど、このだんがいは、ふしぎな伝説にでてくる、あのすりばち山のてっぺんにあたるところでした。岩山をひとつこすと、そのむこうは、あのおそろしい沼地です。

「ステープルトンめ。そこなし沼にある、れいの岩山へにげこむつもりだな。レストレードくん、足もとに気をつけろ」

そこなし沼へにげこもうとする、ステープルトンをおって、むちゅうではしっていく、レストレード警部には、ホームズのちゅういも耳にはいらないようすです。

あと十メートルでおいつけます。しかし、このままますすめば、レストレード警部ばかりではなく、ステープルトンも、どろ沼にはまりこんでしまいます。

「気をつけろ、レストレードくん。そのさきは、どろ沼だぞ！」

またホームズが、さけびました。しかし、にげるものも、おいかけるものも、ホームズの声をきくひまはありません。

五メートル、四メートル、あと一メートル……。

にげていくステープルトンが、さすがに、どろ沼の手まえで、ぐっとふみとどまると、右にまわって、ころげるようににげていきます。

「とまれっ、うつぞ！」

レストレード警部は、ステープルトンの足をねらって、ぶっぱなしました。

とつぜん、ステープルトンが、くるりとふりかえって、なにか黒いものを、さっと、レストレード警部になげかえしました。

とたんに、

「ああっ！」

と、ものすごいさけびが、あとからおいかけていった、ホームズたちの耳へ、とびこんできました。

「しまった。レストレード警部がやられた！」

ホームズのかおが、さっとあおくなりました。くるしまぎれのステープルトンが、ナイフをなげたのだとおもったのです。

ところが、やられたのは、レストレード警部ではなく、ステープルトンでした。ピストルのたまが、足にでもあたったのでしょうか。

ワトソンは、はしっていくうちに、ステープルトンが、たまにあたったのではなく、どろ沼に足をふみこんで、くるしそうに、もがいていることに気がつきました。

「あぶない」

ワトソンは、ぎょっとしました。

ステープルトンのからだは、もがけば、もがくほど、ずぶずぶと、まっくろなどろ沼の中に、しずんでいくばかりです。

どろ沼のおそろしさをしらないレストレード警部は、よせばいいのに、ステープルトンをたすけようとして、二、三ぽ、どろ沼にふみこんで、そのうでをつかもうとしました。とたんにレストレード警部のかた足が、もものあたりまで、もぐりこんでしまいました。

「あぶない」

ホームズが、すばやくうでをのばして、レストレード警部をひきあげました。

「ホームズさん、なにをする。こ、こいつを、つかまえなくちゃ……」

「だめだ、レストレードくん。このどろ沼へふみこんだら、それっきりだぞ」

ホームズが、しかりつけました。

ふりかえったレストレード警部は、おそろしい沼のありさまに、まっさおになって、ふるえあがりました。

なぜなら……、もがきまわっていたステープルトンのからだが、もうそのときには、わずかに首だけをのこして、どろ沼の中に、ひきずりこまれていたからです。

いいえ、その首さえ、あっ、というまに、見えなくなってしまい、あとには白いきりの、カーテンが、しずかにどろ沼を、おおいかくしてしまいました。

「てんばつだ」

ホームズが、しずかにつぶやきました。

「このふるぐつさえ、ぼくになげつけなければ、足をすべらさなかったのに……」

レストレード警部が、そうつぶやきました。

「なにっ、ふるぐつ……?」

ホームズは、ふしぎそうに、そのふるぐつをひろいあげました。さいしょにナイフとおもったのは、このふるぐつだったのです。

そして、しばらくながめていましたが、

「やっ、これはヘンリー卿。あなたのくつでしょう。ほら、ロンドンでぬすまれた」

「たしかに、ぼくのふるぐつです。すると、ロンドンにあらわれた、あの黒いあごひげの男は、やっぱり、ステープルトンだったのですね」

と、かなしそうにヘンリー卿がつぶやいたときでした。

「わっ、たいへんだ。メリピット荘がもえている！」

と、ワトソンがさけびました。

もえるメリピット荘

白いきりが、きゅうにもえおちたように、まっくらなやみに、メリピット荘が、あかるく、はっきりとうきあがりました。

「たいへんだ、メリピット荘がもえている。なにかしょうこをかくすつもりで、ステープルトンが、火をつけてきたのだろう」

レストレード警部がさけびました。すると、ホームズが、ぎょっとしたように、

「あっ、たいへんだ。わたしは、たいへんなことをわすれていた。メリピット荘には、ステープルトンのいもうとがいる。

あのベリルというむすめは、ステープルトンが、チャールズ卿をころしたこともしっているし、こん夜も、ヘンリー卿をたすけようと、おもったにちがいない」

「するとステープルトンは、まんいちのようじんに、ベリルさんをころすつもりで、メリピット荘へ火をつけてにげたんですね」

「そうだ。はやくいって、ベリルくんをたすけよう！」

ホームズは、さっとかけだしました。つづいてほかの三人も、もえるメリピット荘めざして、白いきりの中を、むちゅうでかけだしました。

やっと四人が、こだかい丘の上にあるメリピット荘へかけつけたとき、もうメリピット荘の三階のまどからは、まっかなほのおが、ふきだしていました。

「ベリルっ、ベリルっ。ベリルは、どこだっ！」

ホームズたちは、まどをやぶって、メリピット荘へとびこむと、まだ火のまわっていない、下のへやを、つぎつぎにベリルの名をよびながら、さがしまわりました。

と、そのときです。いちばんおくの、かぎのかかったへやの中から、

「たすけてーえっ！」

と、さけぶ、少女のひめいが、かすかにホームズの耳へとどきました。

「ワトソンくん。このへやの中だぞ！」

ホームズは、さけびながら、からだごとドアにぶつかりました。

ドアは、ホームズの力で、めりめりとくだけ、へやの中から、白いけむりが、もうもうとふきだしてきました。

「よしっ、ぼくがいく！」

頭から水をかぶったレストレード警部が、へやの中へとびこんでいきました。つづいてホームズとワトソンが、はなと口を、ぬれたハンカチでおさえながら、とびこみました。

つぎのしゅんかん、とびこんだ三人は、あっとさけんで、目をみはりました。

かわいそうにベリルは、パジャマの上からロープで、ぎりぎりにしばられて、ベッドのあしにつながれていました。

そして、ゆかの上にたおれているベリルのまわりを、たくさんのこんちゅうが、まるでうつくしい

はなびらのように、ぐるぐるとうずをまきながら、とんでいました。

チョウや、ガや、見たこともないこんちゅうが、あみをやぶってとびだしたのです。

レストレード警部は、しばらくほかの三人と、このうつくしいありさまに、ぽかんと見とれていましたが、

「あぶない。てんじょうがもえおちるぞ」

と、さけぶ、ホームズの声に、はっとわれにかえり、ゆかの上のベリルをだきあげるや、さっと、へやからとびだしました。

つぎのしゅんかん、おそろしい音をたてて、こんちゅうのおどりくるっていたへやは、おしつぶされてしまいました。

やっと四人が、ベリルをたすけて、ぶじにメリピット荘のそとへとびだしたときには、もう青いやねはくずれおち、こんちゅうやしきのメリピット荘は、まったくほのおの中につつまれてしまいました。

ホームズたちは、やけどをおったベリルをともない、ひとまずバスカービルの館へ、ひきあげてきました。

すぐにモーティマ先生がよびにやられました。そして、犬におそわれたときけがをしたホームズとヘンリー卿が、ベリルといっしょに、てあてをうけました。

ベリルは、よろよろと、ベッドの上におきあがると、

「あの、ヘンリー卿さまは……?」

と、かすれた声でいいました。

「あんしんなさい。ヘンリー卿は、ぶじでした。いま、下のへやで、やすんでおられます」

というホームズの声に、

「おお、神さま、ありがとうございます」

と、つぶやきました。そして、あおざめたベリルのかおに、やっと、ほのぼのとした、あかるい血の色がさしてきました。

「それで、あの、にいさんは、どうなりましたでしょうか?」

「おきのどくですが、ステープルトンくんは、神のさばきをうけました。そこなし沼におちたのです。それから犬は、われわれがうちころしました」

ホームズのことばに、ベリルは、わっとベッドになきふしてしまいました。いくらわるものでもステープルトンは、ベリルにとっては、だいじなにいさんです。

「ベリルさん。もうこうなったら、なにもかも、わたしに、はなしてくださるでしょうね」

ホームズが、やさしくたずねると、ベリルは、しずかにうなずきました。

「みんな、にいさんが、わるいのです。わたくしがやめてくださいと、なんどないてたのんでも、にいさんは、じぶんのおじのチャールズ卿をころしたうえ、あとつぎにきまったヘンリー卿までころそうとしたのです。そして、バスカービル家の財産を、ひとりじめにしようとしたのです」

「あなたは、ニレの並木みちへ、なにしにいったのです」

「はい。はやくチャールズ卿さまに、にいさんのたくらみを、おおしえしようとおもい、ニレの並木みちでおあいすることになっていたのです。でも、まにあいませんでしたわ」

「あのまぼろしの犬は?」

「ただの山犬です。そこなし沼のまん中にある『中の島』という岩山で、にいさんは山犬をかいならし、目や口のまわりに、リンをぬって、ふしぎな伝説にでてくる『じごくの犬』を、つくりあげたのです」

「それであなたは、ロンドンにいるヘンリー卿のところへ、あの活字をはりつけたてがみを、おくったのですね」

「はい。もうしわけございません。にいさんがバスカービル家のバリモアさんに、つみをなすりつけようとして、じぶんで黒いあごひげをつけて、ホテルをでていくのを見たものですから、そのすきにわたくしが、てがみをおおくりいたしました」

「たいへんなおてがらです。わたくしは、あのジャスミンの香水のにおいが、あのてがみについていたおかげで、かんたんに、バスカービル家のなぞを、とくことができたのですから……」

ホームズは、にっこりとわらいました。

あくる朝、ホームズとワトソンは、レストレード警部といっしょに、ロンドンへかえることになりました。

グリンペンの駅まで、スパニールの犬をつれたモーティマ先生と、ベリルをつれたヘンリー卿が、おくってきました。

「ホームズさん。このたびは、たいへんおせわになりました。あなたのおかげで、ぼくにあたらしいいもうとが、ひとりできました」

そういってヘンリー卿は、目にいっぱい、なみだをためているベリルの首へ、バスカービル家の紋章のはいったメタルを、やさしくかけてやりました。

ロンドンゆきの汽車のまどから、じっと、そのようすを見ていたホームズは、こころからうれしそうにいいました。

「ヘンリー卿よくおっしゃった」

「ぼくが、こうするのは、あたりまえのことです。ベリルさんには、なんのつみもないのですから……」

「そのとおりです」

「それよりホームズさん。ぼくは、みにくい遺産あらそいを、おめにかけて、たいへん、はずかしくおもっています」

「あなたがたふたりに、なんのつみがあるのです。これからもげんきよく、村のためにおつくしなさい」

ホームズたんていが、やさしくこたえて、しずかにパイプをくわえると、ロンドンゆきの汽車が、ゆっくりとうごきだしました。

「名探偵《ホームズ》まぼろしの犬」について

もし、みなさんのおうちで、探偵小説がわだいにのぼれば、まっさきにとびだすのが、イギリスの名探偵、シャーロック・ホームズのことではないかと思います。

あまり探偵小説など、読んだことのないみなさんも、ホームズの名まえだけは、どこかできいて、おぼえていらっしゃるにちがいありません。まったく世界じゅうの人びとは、このホームズこそ、世界一の名探偵だとみとめ、世界各地に、ホームズ物語の、愛読者クラブまでできているのです。

ホームズのかつやくした時代から、すでに五、六十年もたっているのに、いったい、このように人気のあるのは、どういうわけでしょう。

それは、ホームズの探偵物語が、どれも、ただしい探偵小説の形式で書かれ、探偵の方法が、科学にもとづいた、りくつにあったやりかた、つまり、こまかくするどい推理から、事件のなぞをといていく、という方法がとられているからです。ただしい探偵小説というのは、物語のはじめにおこったなぞを、だんだんといてゆき、さいごに、あっとおどろくような意外な犯人をつかまえて、それでぜんぶのなぞがとけるというしくみです。これが本格探偵小説とよばれています。

そのうえホームズは、とびきりれいぎのただしい紳士で、イギリスふうのユーモアをもち、物語ぜんたいをあかるく、いきいきとさせています。これらの点が、ホームズが今もって、世界じゅうの人びとに愛され、信頼されている理由だと思います。

このすばらしい探偵を生み、そして育てた、作者のドイルは、一八五九年五月二十二日に、イギリスのエジンバラに生まれました。ただしい名前は、サー・アーサー・コナン・ドイルです。

お父さんのチャールズは、労働省の役人で、おじさんのリチャードは「ポンチ」という、雑誌の編集をしていました。家の生活は、あまりらくでなく、苦学をしながら、エジンバラ大学の医科を卒業しました。そして、ポーツマス港のちかくの村で、町医者を開業しました。ところが、この医院は、さっぱりはんじょうしませんでした。

そこでドイルは、ひまにまかせて小説を書きはじめ、一八八七年、はじめてホームズを主人公とする、長篇探偵小説「緋色の研究」を発表しました。そのご、やはりおなじホームズ物語の長篇、「四つの署名」をだし、雑誌に短篇をのせるようになって、イギリスじゅうの人びとから大かんげいをうけました。

この「名探偵《ホームズ》まぼろしの犬」は、原名を「バスカービル家の犬」といって、ホームズ物語では、最大の長篇です。一九〇一年からよく年にかけて、雑誌に連載された、ドイルの初期のころの作品です。そして、ホームズ物語の長篇のうち、もっともおもしろいばかりでなく、数多くの探偵小説のなかでも、一、二とさえいわれている作品です。

ホームズ物語の長篇には、まえの三篇のほかに「恐怖の谷」があり、短篇は「赤毛クラブ」を代表として、五十六篇の多数におよんでいます。

ドイルが一九三〇年になくなるまでの、三十数年間にわたって、ホームズを主人公とした物語を、つぎつぎに発表していったことは、いかにその人気がすばらしかったかがわかります。

そればかりかドイルは、このホームズ物語のほかに、「地球さいごの日」などの、すばらしい科学小説や、歴史小説まで書いているのです。

武田武彦

第二部　四つの署名

四つの署名

この本について

探偵小説の名作といえば、まず第一にあげられるのが、イギリスの作家コナン・ドイルのかいた「ホームズ物語」でしょう。「ホームズ物語」には、長篇、短篇あわせて六十篇もありますが、この本では、その中から、とくにすぐれた長篇「四つの署名」と、二つの短篇をとりあげました。

シャーロック・ホームズ！　かれこそは世界一の名探偵です。「四つの署名」のふしぎな事件では、なぞの一本足の男や、こびとの土人をあいてに大かつやくをし、神さまのようなちえをつかって、すらすらと事件のなぞをといてみせます。

さあ、みなさんも、ホームズや助手のワトソン少年といっしょにかんがえながら、このすばらしい物語をお読みください。

武田武彦

この物語の主な人びと

ホームズ　ロンドンのベーカー街に探偵事務所をもち、イギリスじゅうの悪人から、おそれられている名探偵。するどいちえで難事件を、つぎつぎに解決していく。

ワトソン　ホームズの助手をつとめる、ゆうかんな少年。

メリー　ゆくえ不明の父親をさがすインド語の家庭教師。

ジョーンズ　ホームズと、てがらをあらそう警部。

サディアス　警察から兄殺しの犯人とまちがえられる男。

きえた父親

たいへんきりのふかい朝のことでした。

シャーロック・ホームズは、ベーカー街の事務所で、助手のワトソン少年をあいてにコーヒーをのんでいました。

「ワトソンくん。きょうは、めずらしくひまだから、チェスタトンの店へ古切手でも見にいってみよう」

「ほんとうですか、先生。しばらくあの店は、のぞいていません。きっとめずらしい切手が、あつまっているかもしれませんよ」

「そうだといいがね」

ホームズ探偵は、たのしそうにコーヒーをすすりながら、テーブルの上の新聞をひろげていました。

そのとき、しずかに、げんかんのベルのなる音が、きこえてきました。

「おや。お客さまらしい。ワトソンくん、いってごらん」

ホームズが、パイプをふかしてまっていると、げんかんへとびだしていったワトソンがいそいでひきかえしてきました。

「先生。この女のかたが、おめにかかりたいといっていますが」

ワトソンは、一まいの名刺を、ホームズにさしだしました。

「メリー・モースタン？　きいたことのない名だな。とにかく、ここへとおしておくれ」

ホームズは、首をかしげてつぶやきました。しばらくすると、じみなかっこうをした、わかい女の人が、ワトソンにあんないされて、おそるおそるすがたをあらわしました。

「さあ、ごえんりょなく」

ホームズに、いすをすすめられて、つつましくすわったその女の人は、こまかにゆびさきをふるわせていました。

「なにか、ごしんぱいごとでも、おありのようですね。メリー・モースタンさん」

「はい。……じつは、あまりきみのわるいことが、つぎつぎにおこりますので……」

「わたしに、ごえんりょなさることはありませんよ。さあ、なんでもお話しください」

ホームズから、やさしくいわれてメリーは、ほっとしたように、

「わたし、こんなにふしぎなできごとは、どこをさがしても、めったにないだろうと思っています」

「ほーお。そんなにめずらしいことがありますか」

ホームズは、ふしぎなできごとときいて、うれしそうに身をのりだしました。

「ほんとうでございますのよ、ホームズさん。あまりふしぎで……」

と、いいかけてメリーは、あわてて、

「ああ、わたし、じぶんのことを、まだなにも、もうしあげておりませんでした。じつはわたし、インド語の家庭教師をやっておりますの」

「インド語を……。それはめずらしい」

「はい。父が、インド部隊の士官をしていましたものですから……」

「なるほど」

「わたしは、インドで生まれ、そだちましたが、ちょうど十二才のとき、母がびょうきでなくなりましたので、わたしだけひとりで、イギリスへおくりかえされてきました。それが、いまから十三年まえのことです。それからずっと、エジンバラの女学校の寄宿舎で、学校生活をおくりました」

「おひとりで、よくごしんぼうなさいましたね」

ホームズは、かんしんしたように、うなずきました。

「学校生活がたのしかったものですから、わたし、べつに、さびしいとは思いませんでした。ところが、十七才になったときのことです。とつぜん、一年間のやすみをもらった父が、大尉になって、イギリスへかえってくるという、しらせがまいりました。

父はロンドンにつくと、すぐわたしのところへ――ランガム・ホテルでまっているからすぐくるように――という、でんぽうをうってよこしました。わたし、うれしくて、とぶように、ランガム・ホテルへかけつけました。

すると、ホテルの支配人が、モースタン大尉どのは、たしかにおとまりになっているが、ゆうべおそく、おでかけになったきり、まだ、おかえりになっていませんと、おっしゃるんです」

「ふーむ。それで?」

ホームズは、だんだん、しんけんなかおになって、先をうながしました。

「わたし、しかたがありませんので、父のかりたへやにはいって、まつことにしました。ところが、父は、夜になってもかえってきません。とうとうわたしは、ひとばんじゅう、ずっと父をまちながら、ねずに夜をあかしてしまいました」

　ここまで話してきた、メリーは、とつぜん身ぶるいをして、

「でも、なんということでしょう……。父は、あくる日になっても、かえってきませんでした。わたしは、ホテルの支配人にすすめられて、ロンドンじゅうの新聞に、広告をだしてもらいました。けれども、やはりだめでした。それいらい父は、とうとう、ゆくえふめいになってしまいました……」

　と、八年まえのおそろしいできごとを思いだしたのか、きゅうにりょう手で、かおをおさえてうつむくのでした。

天国からの手紙

ホームズは、くわえていたパイプを、しずかに口からはなすと、

「それであなたは、このホームズに、いなくなったおとうさんのゆくえを、さがせとおっしゃるんですね」

と、たずねました。メリーは、うなずきながら、

「はい。でも、それは、もう八年まえのことですから、とても見つからないと、あきらめております」

ホームズは、首をかしげて、

「ほーお。すると、まだほかに、なにかかかわったことでも、おこったのですか？」

「はい。いまから六年まえの五月四日のロンドン新聞に、『ミス・メリー・モースタンのゆくえがしりたい……天国の友人より』という、ふしぎな広告がでたのです。ところが、広告主の住所が、どこにものっていないのです。これでは、しらせてあげたくても、どこへしらせていいのかわかりません。そこで、いろいろとかんがえたあげく、わたしの住所を、おなじように新聞広告にだしました」

「なるほど。それはよい思いつきでしたね」

ホームズは、かんしんしたように、りこうそうなメリーのかおを見つめました。

「すると、ふしぎなことに、その日のうちに、わたしあてに、さしだし人ふめいの小包がとどきました」

「ほーお」

「ひらいてみますと、びっくりするようなみごとな真珠が、ひとつはいっておりました。そのくせ、包の中には、手紙ひとつはいっておりませんでした」

メリーは、がっかりしたようにいいました。

「あなたは、その小包が、おとうさまからの、おくりものではないかと、思っていたのでしょう」

ホームズがたずねると、メリーは、うなずきながら、

「はい。父でないものが、なぜ、あんなりっぱな真珠を、しかも、まい年《とし》おくってよこすものでしょうか」

「なに、まい年ですって」

「はい。まい年、五月四日のその日になると、真珠のひとつはいった小包が、かならずとどくのです」

メリーは、そういいながら、ホームズの目のまえで、むらさき色のビロードの箱をあけて、六つの真珠をとりだしてみせました。

「ごらんください。この真珠でございます。ちょうどことしで、六つになりました」

「これは、みごとな真珠ですね」

ホームズは、しばらく真珠を手にとってながめていましたが、

「メリーさん。八年まえ、おとうさまがいなくなったホテルのへやには、なにか、かわった荷物は、

のこっていませんでしたか？」

と、思いがけないことをたずねました。メリーは、首をかしげながら、

「さあ……。ありましたのは、すこしばかりの衣類と、本だけのようでしたけれど……。ああ、それに、アンダマン島であつめた、めずらしいおみやげのはいっている、トランクがありましたわ」

「アンダマン島というのは、インドのベンガル湾にあって、たしか囚人たちを、なげこんでおく島でしたね」

「はい。島ぜんたいが刑務所になっていました。父は、その島で、囚人の見はりをする、イギリス部隊の士官だったのでございます」

「うらまれる、いやな役ですね……。そのころ、おとうさまのお友だちで、このロンドンに、すんでいたかたはありませんか」

「ございました。おなじ部隊で上官だった、ショルトー少佐というかたです。そのかたは、父よりすこしまえに軍隊をやめて、イギリスへかえってこられ、ロンドンの郊外にある、アッパー・ノーウッド村にすんでいらっしゃいました。

わたし、そのことを父からきいていましたので、父のゆくえがわからなくなったときにも、すぐにお手紙をさしあげて、おたずねしました。ところがショルトー少佐は、父がイギリスへかえってきたことさえ、ごぞんじなかったのです」

「それはふしぎだ。上官ともなれば、じぶんの部下が帰国したことぐらい、すぐ耳にはいるはずだが……？」

ホームズは、ふしぎそうなかおをしました。すると、メリーは、ひざをのりだして、

「でも、ホームズさん。もっとふしぎなことがございますのよ」

「もっと？」

「はい。つい、けさのことでございます。わたしのところへ、こんなみょうな手紙がまいりましたの」

メリーは、そういいながら、一通の手紙を、ホームズにさしだしました。

ホームズは、いそいでひろげてよむと、びっくりしたように、

「なるほど。これはみょうな手紙だ」

と、目をひからせていいました。

その手紙には、つぎのようなことがかいてあったのです。


こん夜の七時に、リシアム劇場のまえまで、いらっしゃい。正義の手は、あなたにしあわせをさずけることでしょう。もし、しんぱいなら、友だちふたりだけをつれていらっしゃい。ただし、警官はおことわりです。

天国の友人より

ホームズは、メリーのほうにむきなおって、

「また天国の友人からですね。このあいては、あくまだか、天使だかわからないが、とにかく、真珠のおくりぬしが、あなたにあう、けっしんをしたようですね」

と、いいました。メリーは、ちょっとかんがえながら、

「ホームズさん。どうしたらいいでしょうか。わたし、いってよいものやら、わるいものやら、まだ

けっしんがつきませんの」

と、まゆをひそめてこたえました。

ホームズは、しばらくかんがえていましたが、

「おでかけなさい。もし、きみがわるければ、わたしたちふたりが、おともしましょう」

といって、ちらりとワトソンを見て、メリーをはげましました。

「ありがとうございます。それなら、わたし、あんしんしてでかけられますわ。では六時ごろ、もういちど、こちらへおうかがいします……」

メリーは、なんどもおれいをいって、かえっていきました。

むかえの黒馬車

ホームズは、メリーがかえってしまうと、すぐワトソンにめいじて、市営図書館へ、新聞の古いとじこみを、しらべにやりました。

ゆうがたの五時ごろになると、古新聞をしらべにいったワトソンが、ウサギのようにとんでかえってきました。

「先生。とうとう見つけましたよ。メリーさんのおとうさんの上官だったショルトー少佐は、もう、ロンドンにいません」

「すると、また、インドへでかけたのかね」

「いいえ。一八八二年の四月二十八日に死んでいます」

「えっ。死んでいる？　一八八二年といえば、いまから六年まえのことじゃないか。おかしいぞ？　ワトソンくん。あのメリーというおじょうさんのところへ、はじめて真珠がとどけられたのが、一八八二年の五月四日のことだよ」

「すると、ショルトー少佐が死んでから、一週間のちのことですね。まさか、天国の友人というのは、死んだショルトー少佐じゃないでしょうね」

ワトソンが、きみわるそうにいうと、ホームズは、大声でわらって、

「ははは……。そんなことは、ぜったいにあるもんか。ただ、たしかに、こんどの事件はおかしいところだらけだが……」

と、いってから、じっとうでをくんで、かんがえこんでしまいました。

やがて時計が六時をうつと、おもてに、馬車のとまる音がしました。

「あっ、先生。メリーさんがみえたようです」

「よし。すぐでかけよう」

ホームズは、いすからたちあがると、つくえのひきだしをあけて、ピストルをとりだし、そっとポケットへ、すべりこませました。

ワトソンはそれを見ると、

（ああ、こん夜は、ぼうけんができそうだぞ）

と、心の中で、わくわくしました。

身じたくをしたふたりが、おもてにでると、メリーは、オーバーにくるまって、馬車の上でまっていました。

きりの中を三人をのせた馬車が、からからとはしりだすと、メリーは、ふるぼけて黄色くなった一まいの紙きれを、そっと、オーバーのポケットからとりだして、

「ホームズさん。あれからかえって、もういちどしらべてみましたら、父がホテルにのこしていった荷物の中から、こんなものがでてまいりました。なにか、おやくにたちませんでしょうか」

といって、さしだしました。ホームズは、その紙きれを手にとって、しきりに、うらおもてをしらべていましたが、

「これは、インドでつくった紙のようですね。まるで、お城の絵地図のようですが……」

といって、首をかしげました。

「紙のすみに、みょうな署名がしてありますけど……」

「どれどれ」

ホームズは、ちゅういぶかく、ポケットからレンズをとりだして、紙きれの上にかきのこされている文字を、じっとのぞきこみました。

「ほーお。たしかに署名のようですね。ジョナサン・スモール。マホメット・ミン。アブダラ・カン。ドスト・アクバル。

ジョナサン・スモールという名まえは、たしかにイギリス人らしいが、あとの三人は、みなインド人のようですね。しかし、この四人は、いったいなんのために、この紙きれに、署名をのこしたのだろうね？」

ホームズが、ふしぎそうに首をかしげると、そばからメリーが、

「この四人は、なにかやくそくをして、神さまにちかいあい、めいめいの名まえを、書きのこしたのではないでしょうか。インドでは、よくそんなことをするのです」

「なるほど。そうかもしれませんね。たぶん、この四つの署名が、こんどのなぞをとく、かぎになるかもわかりません。たいせつにしまっておいてください」

ホームズは、メリーに、ふしぎな紙きれをかえしました。

まもなく馬車は、めざすリシアム劇場のまえにつきました。

メリーたちが、馬車からおりると、まちかまえていたように、ぎょしゃ服をきた男が、つかつかと

ちかづいてきて、

「しつれいですが、あなたがたは、モースタンさまのおつれですか？」

と、声をかけました。

「はい。わたしが、メリー・モースタンです。このかたたちは、わたしのお友だちです」

メリーが、おそるおそるこたえると、

「まさか、警察のかたではないでしょうね？」

と、その男は、つよくねんをおしました。

「ぜったいに、ちがいます」

「けっこうです」

その男は、うなずくと、いきなりぴゅっと口ぶえをならしました。

すると、どこからともなく、きりの中から、みすぼらしいなりをした老人が、黒い馬車の馬のくつわをとって、三人のまえにあらわれました。

「さあ、どうぞ。これへおのりください」

すすめられるままに三人が、むかえの黒馬車にのりこむと、その男も、さっとぎょしゃ台にとびのりました。そして、ぴしりと馬にひとむちあてると、馬車は、おどりあがるように、もうれつないきおいで、きりのたちこめるロンドンの町をはしりだしました。

ワトソンやメリーには、はじめのうちこそ、馬車のとおりすぎていく町の名もわかっていましたが、きりがふかいし、おまけに夜のことですから、そのうち、どこをどうはしっているのか、さっぱり、わからなくなってしまいました。

ところが、さすがにホームズだけは、ちがっていました。

「ここはロチェスタ街。……ここはボクゾール広場。……ふうむ。テームズ川をわたって、サリ街へいくつもりらしい」

と、いちいち、ふたりにおしえていました。

まもなく馬車は、テームズ川をこして、きたならしい町の中に、はいっていきました。

「おやっ、ここはコールド・ハアバ横丁だ。だいぶ、あやしげなところへつれこまれたぞ」

ホームズは小声で、ワトソンの耳にささやきました。

しばらくいって馬車は、一けんのふるぼけた、たてもののまえにとまりました。

そのたてものというのが、うら口のあたりから、わずかにあかりがもれているばかりで、まるでゆうれい屋敷のように、しーんと、しずまりかえっていました。

「ここです」

ぎょしゃが馬車からとびおりて、入口のとびらを、こつこつとノックすると、だぶだぶの黄色い服に、黄色いターバンをまいたインド人が、ぬっとかおをつきだしました。

「だんなさまが、おまちかねです。どうぞ、おはいりください」

インド人の下男が、しまいまでいいおわらないうちに、たてもののおくから、

「お客さまを、はやく、ここへおつれしろ」

と、かんだかい声でどなっているのが、きこえてきました。馬車の上の三人は、思わずかおを見あわせました。

とんがり頭の男

インド人にあんないされて、たてものの中へはいった三人が、うすぐらいろうかをあるいていくと、がんじょうなカシの木のドアのついている、へやのまえにでました。

インド人の下男が、そのドアをひらくと、あかるい光が、くらいろうかを、ぱっとてらしました。のぞいて見ると、そのあかるい光の下に、せのひくい、とんがり頭の男が、ガウンのポケットに手をつっこんだまま、ぼうのようにたっていました。

それを見てワトソンは、思わず、ぷっとふきだしてしまうところでした。なぜなら、その男のとんがり頭のてっぺんには、まるで毛がはえていないのです。てかてかにはげて、ぴかぴかとひかっているのです。

とんがり頭の男は、ろうかの三人に、

「よくおいでくださいました。さあ、ごえんりょなく、中へおはいりください」

と、にこにこしていいました。

へやの中へ、いっぽふみこんだ三人は、また、とびあがるほどおどろきました。そのへやは、外がわのみすぼらしさとは、うってかわって、じつにぜいたくな、かざりつけがしてあったのです。

まどにかかった、どっしりとおもいカーテンのうつくしさ。そして、ゆかにしかれた、玉虫色のじゅうたんは、まるで、しばふをふむようなやわらかさでした。そのうえ、じゅうたんの上には、すばらしいトラの毛皮が、二まいもしいてありました。

そして、ハトのかたちをした青銅のランプからは、もえるにしたがって、うっとりとするような香《こう》のにおいが、へやじゅうにただよいはじめます。

「わたしは、サディアス・ショルトーというものです。よくこん夜《や》は、おいでくださいました」

とんがり頭の男は、まずじぶんの名をいってあいさつすると、メリーにむかって、

「もちろん、あなたが、メリー・モースタンさんですね。それで、こちらのかたがたは、どなたですか?」

と、きょろきょろ、おちつかない目つきをして、たずねました。よほどこの男は、なにかにおびえているようすです。

ホームズが、メリーにかわって、しずかにこたえました。

「わたしは、シャーロック・ホームズという、ベーカー街にすんでいる町医者です。この少年は、わたしの助手をつとめているワトソンくんです」

ホームズは、わざと、じぶんが探偵であるということをかくして、そうこたえました。するとサディアスは、きゅうに目をかがやかせて、

「ほほお。あなたは、お医者さまですか。それはありがたい。さっそくわたしのからだをみていただけませんでしょうか」

と、せかせかしたちょうしで、たのむではありませんか。これには、ホームズも、びっくりしました。

「あなたを？　いったい、どこがわるいのですか？」

サディアスは、むねに手をやって、

「どうも半年ほどまえからしんぞうにこしょうがありましてな」

と、かおをしかめました。

「なぜ医者に、かからないのです」

「この屋敷から外へでたくないのです。もちろん医者にも、きてもらいたくありません」

ホームズは、心の中で、いったいこの男は、なにをこんなに、おそれているのだろうかと思いながら、

「では、ちょっと、はいけんしましょう」

といって、まるでほんとうの医者のように、なれた手つきで、サディアスのむねをしらべはじめました。

「しつれいですが、あなたのおとしは？」

「まだ、三十をでたばかりです。こんなに頭は、はげていますが」

サディアスは、ふきげんなかおをして、こたえました。ホームズは、にっこりして、

「だいじょうぶです。しんぱいすることはありませんよ。あなたのしんぞうは、わたしのとおなじように、ひじょうに、けんこうです。スポーツをなさっても、かまいませんよ」

と、いってやると、サディアスは、うれしそうに、にこにこしました。そして、ガウンのむねをあわせながら、とつぜん、

「メリーさんのおとうさんも、しんぞうさえ、お気をつけていられたら、もっと長生きができたのに、

ざんねんなことをなさいました」

と、思いがけないことをいいました。

「えっ。父は、やはり死んだのでしょうか？」

メリーのかおは、きゅうにこわばりました。

「サディアスさん。あなたは、ただ、それだけをいいたいために、メリーさんを、わざわざここへよびよせたのですか」

ホームズは、メリーのかなしい心のうちをさっして、思いやりのないサディアスのことばに、むっとしました。さすがにサディアスも、はっとして、

「もうしわけございません。メリーさん。あなたをかなしませるつもりで、およびしたのではありません。つい、口がすべってしまったのです。どうか、おゆるしください」

と、どもりながら、くどくどとわびをくりかえし、ひたいにながれるあせを、せかせかとふきとりました。

ホームズは、そのようすを見て、この男は、わるものではなさそうだと思いながら、

「サディアスさん。もしやあなたは、メリーさんのおとうさんの上官であった、あのショルトー少佐の、こどもさんではありませんか？」

と、たずねてみました。すると、あんのじょう、サディアスは、

「おっしゃるとおりです。わたしの父は、アンダマン島のイギリス部隊にいた、ジョン・ショルトー少佐です。こん夜、ここへみなさんをおよびしたのも、じつは、メリーさんの、モースタン大尉のなくなられたときのごようすやら、アグラの宝についてよく、お話したかったからです」

「アグラの宝ですって」

ホームズが、びっくりしてたずねると、サディアスは、おもおもしくうなずきました。が、きゅうに、そわそわと、あたりを見まわしますと、きんきんした声で、インド人の下男をよびよせて、いいつけました。

「戸じまりは、だいじょうぶだろうね。もういちど、よく見まわっておくれ」

やがて忠実な下男が、ぐるっと屋敷じゅうを見まわってくると、サディアスは、ようやくあんしんしたように、しゃべりはじめました。

そのようすは、まったく、ただごとではありません。いったいサディアスは、なにをうちあけようとしているのでしょう。

「みなさんがよくごぞんじのように、わたしの父は、十年ほどまえに軍隊をやめて、インドからひきあげてまいりました。ところが、どういうわけかロンドンにつくと、すぐ町なかにあった家を売りはらい、郊外のアッパー・ノーウッド村に大きな屋敷をたてました。そして、その屋敷をポンジチェリ荘とよばせ、そこにずっと、すむようになりました。

父のようすがかわったのは、そのポンジチェリ荘に、すむようになってからです。どういうわけか、木の義足をつけた男を、ひどくこわがっていました。

あるときなどは、ごようききにきた男に、いきなり、ピストルをぶっぱなすようなさわぎまでおこしました。そうです。その男というのがうんわるく、木の義足をつけていたからです。

わたしと兄のバーソロミューは、夜ベッドにはいってからも、父のことがしんぱいで、よく話しあったものです。なぜかともうしますと、わたしたちきょうだいには、母がいなかったからです。

そのころ父は、つまらないことまで、いちいち、わたしたちきょうだいにうちあけて、そうだんしていました。ですからわたしたちは、なぜ父が、義足をつけた男のことをうちあけてくれないのか、たいへんふまんに思っていました。と、どうじに、ふしぎでなりませんでした。

ところが、とうとう、そのなぞがとける日が、やってきました」

とんがり頭のサディアスは、またまどのほうをふりかえって見ました。そして、そこにだれものぞいていないことをたしかめると、ようやくあんしんしたように、つぎのような六年まえのできごとを、話しだしました。

六年まえの夜

六年まえのある日のこと、サディアスの父、ショルトー少佐はインドから、一通の手紙をうけとりました。

それからというもの、きゅうにショルトー少佐は、なにかにおびえるようになり、しまいにはベッドにねこんでしまうほどの、おもい病人になってしまいました。

ある夜、ショルトー少佐は、ふたりのむすこを、まくらもとによびよせると、

「わしはいま死んでも、なにも思いのこすことはないが、たったひとつだけ、むねにのこっていることがあるんだ」

と、くるしそうにいいだしました。

サディアスたちは、びっくりして、

「おとうさん。いったい、なんのことですか？」

と、たずねました。すると、ショルトー少佐は、なおもくるしそうにあえぎながら、

「じつは、モースタン大尉の娘のことだ」

「モースタン大尉？」

「アンダマン島にいたころの、わしの部下だった男だ。その大尉に、メリーという娘がいるんだ」

「そのメリーが、どうかしたのですか？」

「わしは、その娘にゆずってやらねばならぬ、アグラの宝のわけまえを、とうとうわたさずにきてしまった」

「えっ、宝のわけまえ？」

サディアスたちは、はじめてきく宝の話に、びっくりしました。

するとショルトー少佐は、にやりとわらって、

「そのつくえのひきだしをあけてみなさい。真珠の首かざりがあるだろう。その首かざりも、もとはといえば、モースタン大尉の娘にやるつもりで、わざわざつくらせたんだ。ところが、いざできあがってみると、きゅうにおしくなって、やる気などなくなってしまった。わしはいまになって、それがはずかしい……」

ショルトー少佐は、しばらくのあいだ、じっとてんじょうを見つめていましたが、ようやくけっしんがついたように、

「ふたりともよくきけ。おまえたちは、わしにかわって、あのきのどくな娘に、アグラの宝の半分を、わけてやってくれ。だが、わしが生きているあいだは、たとえ銀貨一まいでもわたしてはならん。わしが死んでからあとのことだぞ。

そうだ。ついでにモースタン大尉が死んだときのことも、おりがあったら、メリーという娘に話してやってくれ。モースタン大尉は、わしのこのへやで死んだのだ」

「えっ、このへやで？」

サディアスたちは、きみわるそうに、へやの中を見まわしました。

するとショルトー少佐は、いきをはずませながら、

「たしかに大尉は、このへやで死んだ。しかし、わしがころしたのじゃない。あの夜、大尉は、わしのところへ、アグラの宝のわけまえを、もらいにきたのだ。よせばいいのに、わしと大尉は、宝のわけまえについて、どなりあった。どちらもよくばっていたからだ。モースタン大尉は、こぶしをふるわせて、わしにつっかかってきた。そのとき大尉のかおが、きゅうにまっさおになり、むねをおさえたまま、ゆかの上にたおれてしまった。

わしは神さまにちかうよ。けっして大尉のからだに、ゆび一本だってふれはしなかった。それなのに大尉は死んでいる。しんぞうまひで死んだのだ」

「しんぞうまひで?」

「まちがいない。わしは軍医から、あの男のしんぞうがよわっていることを、まえからきいて、しっていたのだよ」

「おとうさんは、うんがわるかったのですね」

「ところが、そのとき、とびらの外で見はっていたチョルダーじいやが、とびこんできて、もうこうなったらしかたがない。大尉のからだを、にわにうめてしまいましょうと、わしにすすめるのだ。

おそろしいことだ。うちのじいやまでが、わしが、大尉をころしたものと思いこんでいるらしい。わしは、どなりつけてやった。しかし、じいやまでがそう思うくらいだから、警察へとどけても、とてもわかってはくれまい。そう思ってわしは、しかたなく大尉のからだをにわにうめて、アグラの宝は、わしが、ひとりじめにしてしまったのだ。いまかんがえてみると、わしは、とんでもない、しくじりをしてしまったものじゃ」

ショルトー少佐は、大きなためいきをついてから、また話しはじめました。

「しばらくすると新聞の広告らんに、モースタン大尉が、ゆくえふめいになったと大きくでた。そのときになって、はじめて死んだ大尉に、娘のいることがわかったわけだ」

「おそろしいことですね、おとうさん」

ふたりのきょうだいは、思いがけない父の話に、ただおどろくばかりでした。

「そうだ。わしは、この娘にも、たいへんなつみをおかしてしまったわけだ。いまになって、はっきりそのことがわかった。だからわしは、その大尉の娘に、アグラの宝を、半分わけてやりたいのだ。もっとそばへよれ。そのアグラの宝は……」

そういってショルトー少佐が、いよいよ宝のかくしばしょを、サディアスたちに、うちあけようとしたときです。

とつぜん、ショルトー少佐は、目をかっと見ひらいて、まどの外をゆびさしながら、

「あいつだ。あいつがやってきた。あの男を、おいだしてくれ」

と、くるしそうにさけんだかと思うと、ばったりとベッドにたおれてしまいました。

「あっ、おとうさん！」

サディアスたちが、ベッドの上のショルトー少佐に、すがりついたときには、もうショルトー少佐のしんぞうは、とまっていました。

あわててサディアスが、まどの外へとびだしていくと、木の義足をつけた一本足の男が、むちゅうでにげていくのが見えました。

その男は、義足をつけているくせに、じつにすばしっこく、あっというまに、へいをのりこえて、

くらやみの中にきえてしまいました。

×　×

「ホームズさん。なんというおそろしい、めぐりあわせでしょう。父は、モースタン大尉とおなじ、しんぞうまひで死んだのです」

とんがり頭のサディアスは、六年まえのできごとを、話しおえると、いつのまにかにじみでている、ひたいのあせを、ふるえるゆびさきでふきとりました。

やねうらのひみつ

　サディアスの話を、ながい時間かかってききおえたホームズたちは、しばらくぼんやりとかんがえていましたが、やがてホームズが、

「サディアスさん。そのにげた義足の男は、まさかインド人ではないでしょうね」

　と、たずねました。

「ええ。かおは日にやけて、まっくろでしたが、たしかに、わたしたちとおなじ、イギリス人でした。父のゆびさすまどに、へばりつくようにこちらをにらんでいた、あのおそろしいかおは、わすれることができません」

「としや、かっこうは？」

「四十ぐらいで、かおじゅうひげだらけの大男でした」

「アグラの宝をねらって、アンダマン島からやってきた男かもしれませんね」

「ホームズさん。その男は、まだ生きているのです。そしてわたしどもをつけねらっているのです」

「なるほど。すると、まだアグラの宝は、そのままポンジチェリ荘のどこかに、かくしてあるとみえますね」

　ホームズは、ふるえているサディアスに、にこにこしながらたずねました。

するとサディアスは、つよくうなずきながら、

「わたしたちきょうだいは、六年ものながいあいだ、そのいつあらわれるかわからない、てきとたたかいながら、アグラの宝をさがしまわりました。そして、やっときのうになって兄のバーソロミューが、宝のかくしばしょを見つけだしたのです」

と、目をかがやかせて、こたえました。

「ほーお。すると、いよいよきけんが、せまってきたわけだ」

「ですからわたしは、すこしもはやく、アグラの宝の半分を、メリーさんに、おわたししたいのです。それで、あんなみょうな手紙を、あなたにおおくりしたのです」

サディアスは、メリーにおくった手紙のわけを、はじめてうちあけました。そして、

「メリーさん。ごめいわくでも、これからすぐ、兄のバーソロミューのいるポンジチェリ荘へ、いっていただけないでしょうか?」

と、ねっしんにすすめました。

メリーは、ホームズにそうだんして、いっしょにポンジチェリ荘へ、アグラの宝を見にいくことにしました。

サディアスの屋敷をでると、空には、ぼんやりと月がでて、なまあたたかい風がふきはじめていました。

とんがり頭のサディアスは、三人のあとから馬車へのりこむと、さもいいにくそうに、

「兄のバーソロミューは、父によくにて、たいへんけちな男ですから、メリーさんにも、お気をわるくするようなことを、づけづけいいだすかもしれません。でも、どうか気になさらないでください。

アグラの宝の半分は、とうぜんあなたがうける、けんりがあるのですから」

「いきなり宝をうけとれとおっしゃられても、わたしには、ごへんじのもうしあげようがございませんわ」

メリーは、こまったように、オーバーのえりにあごをうずめて、ふかいもの思いにしずんでいました。

「いいえ。ごえんりょなさることはないのです。アグラの宝を見つけたのは、あなたのおとうさんとわたしたちの父です。われわれ三人が、あの宝をわけあうのは、あたりまえのことです。

もっとも、首かざりの真珠を、わたしがひとつずつおおくりしたときも、兄のバーソロミューは、はんたいしました。けれども、わたしはアグラの宝をひとりじめにして、父とおなじように、死にたくはありません」

するとホームズが、うなずきながら、

「しかし、サディアスさん。なんであなたは、あの首かざりの真珠を、ひとつずつメリーさんにおくったのですか？　なぜメリーさんをよんで、わけを話して、いっぺんにさしあげなかったのです」

と、ふしぎそうにたずねると、サディアスは、かおをあからめながら、

「まだアグラの宝が見つかっていなかったからです。あの真珠を、ひとつずつさしあげているあいだに、アグラの宝を見つけるつもりでいたのです」

と、こたえました。ホームズは、またうなずいて、

「しかし、サディアスさん。よくあなたに、アグラの宝が見つかりましたね」

「いや、見つけたのは兄です。ああみえても兄は、よくがふかいだけに、こんなことになると、頭が

よくまわるとみえます」

　そういってサディアスは、とくいそうにむねをはりました。

「兄は、はじめから、アグラの宝はポンジチェリ荘のどこかにかくしてあると、ごうじょうにいいはっていました。そのくせ、どこをさがしてもありません。こまりはてた兄は、ふと、おもしろいことに気がついたのです。

　ポンジチェリ荘は、三階だてのたてものですが、地上から、やねのてっぺんまでの高さが十五メートルあります。そのくせ、一階ずつのへやの高さは、どう計算してみても、四メートルよりはありません」

「のこりの三メートルは、やねうらべやでしょう」

　ホームズが、むぞうさにこたえたので、サディアスはびっくりして、

「ホームズさん。そのとおりですよ。ところが、わたしたちは、そのときまで、あのポンジチェリ荘に、そんなやねうらべやがあることなど、すこしも気がつかなかったのです。そこで、三階のてんじょうを、よくしらべてみると、しっくいでぬりかくされた入口を、発見したのです。

　そして、そのへやに、アグラの宝がかくしてあったのです。うすぎたない鉄の箱に、かぞえきれないほどの宝石が、つめこまれていたのです」

　とんがり頭のサディアスは、ごくりとのどをならしました。

　ちょうどそのときです。四人をのせた馬車は、森の中にあるポンジチェリ荘のまえで、がたりととまりました。

ポンジチェリ荘

「ああ、やっとつきました。ここです。ここがわたしたちのポンジチェリ荘です」

サディアスは、あわてて馬車からおりると、門番をたたきおこしました。

「おれだよ。サディアスだ。ここをあけてくれ。お客さまをおつれしたからな」

サディアスは、鉄の門をたたきながら、きんきんした声で、どなりだしました。

すると、門の中から、耳にひびくような大声が、どなりかえしてきました。

「おことわりだ。だれがきても九時をすぎてしまえば、この門はあけられんのだ。だんなさまのいいつけだからな」

門番は、がんとしていいはりました。

「こまったやつだ。あの門番は、もと、ボクシングの選手をしていた男です。ごうじょうなやつで、兄のいいつけをまもって、ここをとおさないつもりらしい」

サディアスが、こまったように、かおをしかめました。すると、ホームズが、にやにやわらいながら、まえへすすみでて、

「おい、シャーロック・ホームズだよ。ここをあけてくれ」

と、どなりました。

すると、びっくりしたような声が、門のうちがわでしたかと思うと、ランプのあかりがホームズのかおを、さっとてらしました。

「あっ、ホームズさんだ。どうぞ。さあ、どうぞ、おはいりになってください」

そういいながら門番は、あわてふためいて門をあけると、いそいで四人を中へとおしました。そのようすに、とんがり頭のサディアスは、びっくりして、

「いったい、これはどうしたことかね？」

と、あきれたように門番のかおを見つめました。

「サディアスさま。おまえさんは、ホームズさんのことを、ごぞんじないとみえるね」

「なに？　このかたは、そんなにゆうめいなお医者さんなのかね？」

「あっはは、わらわせないでください。こちらのだんなは、シャーロック・ホームズさんといって、ロンドンじゅうの、わるものどもからこわがられている、ゆうめいな名探偵なんですぜ」

「えっ、このかたが？」

サディアスは、てかてかのはげ頭をまっかにして、おどろきました。

とおされた門の中は、まるでゆうれい屋敷とでもいいたいような、あれほうだいのにわで、草がぼうぼうとはえていました。

五十メートルほどさきに見える三階だてのたてものは、まっくらで、あかりひとつ見えず、ガラスまどだけが、月のひかりをうけて、きみわるくひかっていました。

「兄もこわがっているのです。いつあの義足をつけた男が、ここへあらわれるかわかりませんからね。ですから、夜は、あかりもつけさせません。しかし、まだおきているはずです。兄がおきてなくても、

家政婦のベルンストン夫人は、おきていると思います」

そういいながらサディアスは、げんかんのとびらについている鉄のわで、こつこつととびらをたたきました。

そのときです。とつぜんたてものの中から、

「きゃあっ！」

という、かんだかい女のひめいがきこえ、にわの四人をとびあがらせました。

「やっ、あの声は、ベルンストン夫人です」

サディアスは、むちゅうでとびらをたたきました。

すると、ようやくとびらがあいて、四十ぐらいの、がいこつのようにやせた、せのたかい女が、まっさおなかおをのぞかせました。

「あっ、サディアスさま！　ほんとうに、よいところへおいでくださいました」

ベルンストン夫人は、サディアスだけを家の中へいれると、いきなり、ホームズたちのはなさきで、ばたっと、とびらをしめてしまいました。

ワトソンはふんがいして、

「あけろ、あけろ」

と、そのとびらをくつのさきで、力まかせにけっとばしました。

「ワトソンくん。らんぼうしてはいけないよ」

ホームズは、しずかにたしなめました。

しばらくすると、とびらのむこうで、ばたばたとはしってくる足音がしたかと思うと、きゅうにと

びらがひらいて、とんがり頭のサディアスが、まっさおになって、とびだしてきました。

「た、たいへんです。兄のようすがおかしいんです。へやのかぎもあきません」

サディアスは、おそろしそうに、たてもののおくをゆびさしています。

「とにかくわれわれを、中へいれてくださらないことには、どうにもしらべようがありませんね」

ホームズは、おちついてこたえました。

「ごえんりょなさることはありませんよ。さあ、かまわず、中へおはいりください」

サディアスは、ふらふらしながら、とびらのおくへ、ホームズたちをあんないしました。

「どこです？　バーソロミューさんのへやは……」

ホームズにさいそくされて、とびらのかげでふるえていたベルンストン夫人が、やっとランプをもちなおして、ろうかをあるきだしました。

「こ、このへやでございます」

ベルンストン夫人が、ふるえながらゆびさしたのは、三階のいちばんおくにある、がんじょうなとびらのついているへやでした。

ホームズが、とびらをあけようとしましたが、びくともしません。ドアには、うちがわから、かたくかぎがかけてあるようです。

ホームズは、ゆかにしゃがみこむと、そっとかぎあなから、へやの中をのぞいていましたが、

「うーむ。これは、ただごとではない」

と、いきなりたちあがったと思うと、もうぜんと、ドアへからだをぶっつけました。

二ど、三ど、くりかえしているうちに、やっとドアのかぎがはずれ、ホームズたちは、中へとびこむことができました。

へやの中は、まるで理科のじっけん室のように、フラスコや試験管が、ごちゃごちゃとならべてありました。

そしてテーブルのむこうがわに、だれかがすわっています。ホームズがベルンストン夫人に、ランプをさしださせると、まっさおなかおが、やみの中にうきあがってきました。

「わあっ!」

ワトソンとメリーは、ぞーっとして足をすくませました。テーブルのむこうがわにすわっている男は、サディアスと、うりふたつのかおをしていたのです。

サディアスは、はっとそのことに気がつくと、

「ホームズさん。兄とわたしは、ふたごでしたから、こんなによくにているのです。しかし、兄は、この兄は、父とおなじように、しんぞうまひで死んだのでしょうか?」

と、ふるえながら、テーブルのむこうの、うごかない兄をのぞきこみました。ホームズは、そばにちかよって、ちゅういぶかく、なにかしらべていましたが、

「いいえ。ころされたのです。これをごらんなさい。あなたのおにいさんは、この吹き矢の毒でころされたのです」

そういいながらホームズは、手ぶくろをはめたゆびさきで、死んでいるバーソロミューの耳のうしろにつきささっていた、バラのとげのように小さな矢を、つまみあげて見せました。

するとサディアスは、身ぶるいして、

「あいつです。あの義足をつけた男のしわざに、ちがいありません」

と、おそろしそうにさけびました。

「サディアスさん。宝の箱は、どこにおいてあるのです。まさかぬすまれてはいないでしょうね?」

ホームズは、しんぱいそうにたずねました。

「えっ、宝?」

はじかれたようにサディアスは、きょろきょろとへやの中を見まわしていましたが、たちまち、まっさおになって、

「あっ、たいへんだ。宝がない。宝の箱が、ぬすまれた!」

と、さけびました。

「なに、ぬすまれた。いったい宝の箱は、どこにおいたのです」

「ここです。このテーブルのわきです。兄とそうだんして、わざとここへほうりだしておいたのです。こうしておけば、ぬすみにきても、きっと見のがすにちがいないと、思ったからです」

「そんなことで、見のがすようなやつではありませんよ。……それより、ここにみょうなものが、ピンでとめてありますが」

ホームズは、そういって、死んでいるバーソロミューのむねに、虫ピンでとめてある四《し》かくな紙きれを、ひょいとはぎとりました。その紙きれには、らんぼうな字で、

『四つの署名をわすれるな』

と、なぞのようなことばが、かきのこしてありました。

ホームズは、びっくりして、

「やっ、メリーさん。これをごらんなさい。この四つの署名というのは、馬車の中であなたに見せてもらった、あの紙きれの四つの署名のことらしいですぞ」

「まあ?」

「いったい四つの署名って、なんのことですか?」

サディアスは、きみわるそうに紙きれをのぞきこみました。

「あの義足をつけた男を、つかまえて見なければ、このなぞはとけないでしょうね」

「するとやっぱりあの男が、このへやに、はいってきたのですね」

「そうですとも。ゆかの上のじゅうたんに、はっきりと、義足のあとがのこっていますからね」

「ホームズさん。いったい、あの男は、どこからこのへやに、はいってきたのでしょう? あのとおり、とびらのかぎは、うちがわからかかっていたのですよ」

サディアスはふしぎそうに、こわれたとびらのかぎをゆびさしました。

するとホームズは、にこにこしながら、

「あそこですよ。あのてんじょうから、あいつはおりてきたのです」

といって、くらいてんじょうに、ランプのあかりをさしむけました。

「えっ。するとあの男は、やねうらべやのあったことに、気がついていたのですね」

「もちろんです。きっと、あなたがたが、やねうらべやにはいあがったのを、見ていたのでしょう。サディアスさん。もう、ぐずぐずしているときではありませんぞ。すぐ警察へしらせてください。うまくいけば、宝は、とりかえすことができるかもしれません」

ホームズにおいたてられてサディアスは、まるでゆうれいのように、ふらふらと、とびらの外へでていきました。

ホームズは、メリーと家政婦のベルンストン夫人に、警察のものがくるまで、下のへやへさがって、やすんでいるようにいいました。

「それからワトソンくん。きみとぼくで、警察のものがやってくるまでに、やねうらべやをしらべてみよう」

そういってホームズは、ワトソンにふみ台をもってこさせると、いそいで、てんじょうの板をしらべはじめました。入口は、すぐ見つかりました。

「なるほど。思っていたとおりだ。この板がはずれるんだよ」

ホームズは、頭の上のてんじょう板をはずすと、そのすきまから、もぞもぞと、やねうらへ、はいあがっていきました。

ワトソンは、ランプをホームズにわたして、そのあとからはいあがりました。

やねうらべやは、ほこりだらけでした。

あかりとりのまどがこわれていて、なまあたたかい風が、かびくさいにおいを、へやの中に、ただよわせていました。

ゆかの上には、あやしい足あとが、いくつもついていました。ホームズは、まるでネコのように、

せまいへやの中を、くるくるはいまわっていましたが、

「ワトソンくん。この足あとを見ると、どうも犯人は、ひとりではなさそうだよ。ここには、義足のあとは、ひとつもついていない。どれもみな、はだしの足あとばかりだ。それも、きみよりも小さい足あとだ」

「すると、犯人のひとりは、こどもなんですか？」

「こどもでなければ、こびとだね」

「えっ、こびと？」

「うむ。これで、なぜ義足をつけた男が、不自由なからだで、三階のへやにしのびこむことができたか、わかったぞ」

「どうしてですか？」

「やつは、はじめ、こびとをやねの上にのぼらせて、その上のやねについている、あかりとりのまどから、このやねうらべやにしのびこませ、ゆか板をはずして、三階のへやへとびおりさせたらしい。下にとびおりたこびとは、にわにむかったまどをひらいて、にわにいる義足をつけた男を、このロープでつりあげたわけだ」

「すると、にげるときは？」

「そのぎゃくだよ。義足の男は、おなじまどからにわにおりて、そのあと、こびとは、まどをしめてかぎをかける。そしてこびとは、やねうらからにげだすというわけだ。てじなのたねは、じつにかんたんだよ」

ホームズは、わらいました。

「よくそれをバーソロミューは、だまって見ていましたね？」

ワトソンが、ふしぎに思ってたずねると、ホームズは、こともなげに、

「もう死んでいたからさ。バーソロミューは、てんじょうから吹き矢をとばされて、そのまえに死んでいたわけだよ。ところが、やつは、にげだすとき、たいへんなしくじりをやってしまった。ゆかの上においてあった、クレオソートのかんを、ひっくりかえしてしまったのさ」

「クレオソートって、あの塗料にする、いやなにおいのするやつですか。それで、こんなに黒い足あとが、べたべたのこっているんですね。すると、この足あとをつけていけば、やつらのにげ道がわかるわけですね」

「うまく、そういけばいいが……。おやっ、馬車の音がきこえるぞ。警察のれんじゅうがやってきたようだ。われわれもはやく、ここからにげだそう」

ホームズは、ワトソンをいそがせて、やねうらべやから、下のへやへおりていきました。まつまもなく、おもてのほうが、きゅうにさわがしくなって、ジョーンズ警部をせんとうに、警官の一隊が、サディアスにあんないされて、どやどやとはいってきました。

「やっ、このかたは？」

ジョーンズ警部は、びっくりしたように、死がいのそばにたっているホームズを、じろりとにらみました。

「ごくろうさまです。わたしは、ベーカー街のシャーロック・ホームズです」

ホームズがあいさつすると、ジョーンズ警部は、きゅうにかおをこわばらせて、

「ははあん。ゆうめいなホームズ探偵とは、あなたでしたか。……では、もうなにか、手がかりはつ

かんだことでしょうな」

といって、さぐるように、あたりを見まわしました。

ホームズは、パイプに火をつけながら、

「いや、まだなにも。まるで雲の中にいるようなものです」

「えんりょすることはありませんよ」

そういってジョーンズ警部は、バーソロミューの死がいをしらべている警察医と、なにかしきりに話しあっていましたが、

「そんなことはあるまい。やはり、しんぞうまひだと思うな。この男は、つよいショックをうける理由があったのだ」

と、ぶつぶつつぶやきながら、まどのそばへいって、

「見たまえ。まどがしまっていて、うちがわから、かぎがかかっていたとすれば、犯人はこの屋敷のものしかいないのだ」

「ところが、ろうかのとびらにも、うちがわから、かぎがかかっていましたよ」

ホームズがちゅういしてやると、ジョーンズ警部は、よけいなせわをやくやつだ、といわんばかりのたいどで、

「ホームズさん。このサディアス・ショルトーは、わたしに、ゆうべ、この屋敷へきたといっていましたよ。

わたしのかんがえでは、サディアスが、ゆうべこの屋敷へきて、兄のバーソロミューをあいてに、なにかあらそっているうちに、兄のほうが、しんぞうまひをおこして死んだのだと思いますね。サデ

ィアスは、宝の箱をぬすんでしまうと、われわれの目をごまかすために、ここへあなたがたをよんだのです」

ジョーンズ警部は、とくいそうにへやの人びとを、ぐるっと見まわしました。

すると、ホームズは、にこにこしながら、

「では、サディアスは、どこからにげたのでしょう？　このへやのとびらには、うちがわから、かぎがかけてあったのですよ」

と、たずねました。するとジョーンズ警部は、いよいよとくいそうに、

「やつは、やねうらからにげだしたのですよ」

と、いまホームズたちがおりてきた、てんじょうのあなをゆびさしました。

「なるほど。しかし、このゆかについているおかしな足あとは、サディアスの足あととは思えませんが？」

「こんな足あとぐらい、いくらだってつけられますよ。人形の足に、黒いペンキをなすりつけて、ゆかにおしつけさえすればいいのです」

「ジョーンズさん。バーソロミューは、びょうきで死んだのではありませんよ。この毒のついたインドの吹き矢です。この吹き矢が、耳のうしろにつきささっていたのです」

ホームズは、テーブルの上に、のせておいた、バラのとげのような吹き矢を、そっとつまんでさしだしました。

すると、ジョーンズ警部は、ぎょっとしたように、しばらくインドの吹き矢を、にらんでいましたが、

「なるほど。では、いよいよサディアスがあやしい。この屋敷の中には、まるでインドの博物館のように、めずらしいインドの武器が、たくさんならべてあるから、そのインドの吹き矢も、きっとその中のひとつにちがいありません。サディアス・ショルトーを、兄ごろしの犯人として、たいほします」

ジョーンズ警部は、ふとったからだをゆすって、どなりました。

「な、なんですって。あなたは、このわたしを、つかまえるつもりですか」

とんがり頭のサディアスは、いまにもなきだしそうなかおをして、ホームズにたすけをもとめました。

「サディアスさん。まあ、しんぱいなさるな。あなたが犯人でないことは、このホームズにも、よくわかっていますから」

「しかし、わたしは、こうして警察へつれていかれますよ」

「だいじょうぶです。わたしたちが、あなたにかわって、かならず犯人をつかまえて見せますよ」

ホームズは、サディアスにげんきをつけるように、つよくこたえました。

すると、ジョーンズ警部は、じろりとホームズをにらみ、

「あまり、やすうけあいをなさると、あとであなたがこまりますよ」

と、いやみをいいました。そのたいどにホームズは、むっとしたように、

「ジョーンズさん。わたしは、あなたに、犯人の名まえをおしえてあげてもいい。このへやにはいった、ふたりのくせもののうち、ひとりは、ジョナサン・スモールという男です。右足がなくて、木の義足をつけている、ひげもじゃの大男です」

「ホームズさん。あなたに、なぜそんなことまでわかるのです？　わたしは、どんなことがあっても、サディアスをたいほします」

ジョーンズ警部は、ふんぜんとしてさけびました。

ホームズは、ひややかにいいました。

「こまりましたね。あなたがそのかんがえなら、むりにわたしはとめません。……ワトソンくん。きみは、これからすぐ、メリーさんをおたくまでおくっていってあげなさい」

「はい。すぐいってきます」

ワトソンがかけだそうとすると、ホームズは、

「ワトソンくん。そのかえりに、ちょっと、よってきてもらいたいところがあるんだ。きみは、ピンチン横丁の右がわに、シャーマン老人のやっている、はくせい屋があるのをしっているかね」

「え、はくせい屋？」

「しらんのか。鳥やけものの標本をつくる店だよ。ウサギをくわえているタカのかんばんが、のき下につるしてあるから、だれにでも、すぐわかるはずだ。その店を見つけたら、シャーマン老人をたたきおこして、トビーをつかいたいから、すぐかしてくれとたのむんだ。かりたらトビーを馬車にのせて、いそいでここへかえっておいで」

「トビーっていうのは？」

「犬だよ。よくはなのきく、りこうな犬だ」

ホームズは、きげんよく、にこにこわらっていました。

シャーマン老人の店

メリーをおくりとどけたワトソン少年は、すぐ馬車をはしらせて、ピンチン横丁へいってみました。

ピンチン横丁のかどから三げんめに、ホームズのおしえてくれた、シャーマン老人のはくせい屋がありました。

「やあ、あれだな」

ワトソンは、ウサギをくわえたタカのかんばんを見つけると、すぐ馬車からおろしてもらいました。

もう、ま夜中のことですから、店のとびらは、かたくしめてありました。しかしワトソンは、ホームズにいわれたとおり、かまわずとびらを、がんがんたたきはじめました。

すると、二階のよろい戸があいて、黄色いろうそくの光が、ぼおーっとさしたかと思うと、がんこそうな老人のかおが、ぬっとあらわれました。

「うるさい。あっちへいけ。このよっぱらいの、やどなしめ！」

二階の老人は、いきなりワトソンをどなりつけました。

「おじいさん、ここをあけてください」

「なに、ここをあけろだと。もういっぺんたたいてみろ。犬小屋の戸をあけて、四十三びきのもう犬《けん》を、けしかけてやるぞ」

「そんなにたくさんはいらないや。ぼくはね、たった一ぴきに用があってきたんだよ」

ワトソンは、にやにやしながら、下からどなりかえしてやりました。

「なに、一ぴきに用がある？」

「おじいさん。ぼくは、シャーロック・ホームズ先生のつかいできたんですよ」

「ホームズ先生のつかいできたって？」

二階の老人は、きゅうにおとなしくなってしまいました。

「ちょっとまってくれ。いますぐ店をあけてやるからな……」

二階のまどが、ばたんとしまると、それから一分とたたないうちに、もう店のとびらがひらきました。

「わしが、この店の主人のシャーマンだよ。なぜはやく、ホームズさんの名をいってくれなかったのだね。さあ、おはいり、おはいり」

シャーマン老人は、ぶつぶついいながら、ワトソンを店の中へあんないしました。

「この店は小さいが、めずらしい鳥やけものが、たくさんおいてあるんだよ」

シャーマン老人は、じまんそうにめがねをかけなおしながら、たなの上のおりをゆびさしました。

「おじいさん。ぼくこん夜《や》は、ゆっくりできないんです。なにしろ、すごくいそがしいんです。はやく、はなのよくきく犬をかしてください」

「トビーのことだね」

「そうです」

「トビーなら、左がわの七ばんめの、おりの中にいるから、えんりょなくもっておいき」

ワトソンが、きょろきょろしていると、シャーマン老人は、おりの戸をあけて、よくふとった耳のながい犬を、ひっぱりだしました。

やっとワトソンが、アッパー・ノーウッド村の、ポンジチェリ荘へひきかえしてきたのは、もう夜あけまえの四時ごろのことでした。

「やあ、ワトソンくん。ごくろうだったね。おう、トビーか。よくきた、よくきた」

ホームズは、トビーの頭をなでてやりながら、

「ワトソンくん。きみのるすに、えらいさわぎがあったよ。なにしろジョーンズ警部は、名探偵だからね」

と、いみありげにわらいました。

「えっ。じゃ犯人は、つかまったんですか?」

「それならいいのだが、かわいそうに門番をはじめ、家政婦のベルンストン夫人も、あのインド人の下男も、みんなサディアスのなかまにされて、警察へつれられていったよ」

「先生は、なぜとめなかったのですか」

「まあ、いまは、がまんをしてもらわねばならんよ。わたしには、そのほうがつごうがいいのだからね」

「トビーは、まにあわなかったんですか?」

「いや、これからだ」

「じゃ、先生。これからトビーに、あの義足の男を、ついせきさせるんですね」

ワトソンは、目をかがやかせました。ホームズは、うなずいて、

「そうだよ。トビーといっしょに、これからマラソンをやるつもりだ。ワトソンくん。ころされたバーソロミューのへやへいって、このハンカチに、クレオソートを、たっぷりしみこませてきておくれ」

「はい」

ワトソンは、三階へかけあがっていくと、そこに見はりをしていた警官にたのんで、黒っぽいクレオソートの液を、たっぷりハンカチにしみこませてもらい、またいそいで、にわへもどってきました。

「よし、よし。これでじゅうぶんだ。トビー。このにおいをわすれるなよ」

ホームズは、くさいクレオソートのにおいが、つよくしみこんでいるハンカチをトビーのはなさきへもっていって、ながいあいだかがしていましたが、

「さあ、トビー。こんどは、土の上のクレオソートのにおいを、おいかけるんだぞ」

そういって、トビーのせなかを、ぽんとたたきました。

すると、トビーは、はなのさきを、地めんにすりつけるようにして、しばらくぐるぐるとまわっていましたが、やっと足あとのにおいをかぎつけたらしく、いきおいよく外へとびだしました。

犯人をおって

もう夜あけです。うすらさむい風がほおに気もちよく、ホームズもワトソンも、いよいよ頭がさえてくるのでした。

ノーウッド村のポンジチェリ荘をとびだしたトビーは、ロンドンの町へむかって、ぐんぐんはしりました。

ワトソンは、いくらはなのきくトビーでも、ロンドンのようなにぎやかな町にでてしまえば、足あとをつけていくのは、たいへんなことだろうと、しんぱいしました。

ところが、クレオソートのにおいが、よほどつよいとみえて、トビーは、すこしもまよわずに、ぐんぐんホームズたちのさきにたって、町から町へとはしっていきます。

ワトソンは、すっかりトビーに、かんしんしてしまいました。

「先生。トビーは、ずいぶんりこうな犬ですね」

「トビーのはなには、このホームズもかなわないよ。しかし、ワトソンくん。わたしは、トビーのはなだけをあてにして、ジョナサン・スモールをつかまえようとは、思っていない。まだほかにやりかたは、いくらでもあるんだよ。しかし、トビーにやらせたほうが、むだをはぶけると思ったんだ」

ホームズは、トビーのあとをおいながら、いそがしくワトソンに話しかけます。

「わたしは、メリーさんとサディアスさんの、ふたりからきいた話をもとにして、この事件のあらすじを、くみたててみたんだよ。すると、こんどの事件で、いちばんあやしいのは、インドのアンダマン島だということになった」

「では、先生。ジョナサン・スモールという男は、その島にいた囚人のひとりではありませんか?」

「そのとおりだよ、ワトソンくん。ジョナサン・スモールをはじめ、あの紙きれに署名をのこした四人の男は、アンダマン島の囚人だったにちがいない」

ホームズがうなずくと、ワトソンはふしぎそうに、

「それだけの手がかりで、どうして先生に、義足をつけた男が、ジョナサン・スモールだとわかったんですか?」

「それはサディアスが、われわれにおしえてくれたから、わかったのさ。義足をつけた、ひげもじゃの大男が、へいをのりこえてにげたといってな。はっはは……。

とすれば、あの四つの署名の中で、イギリス人らしい名まえは、ジョナサン・スモールよりほかにはいない。つまり義足をつけた男は、そのジョナサン・スモールだということになるわけだ」

「なるほど。それでは、なぜスモールは、ショルトー少佐をつけねらっていたのですか?」

「たぶん、こうだと思うね。……はじめに、あの四人が、アグラの宝を見つけたんだ。ところが、宝をほりださないうちに、なにかかわるいことをして、あの四人は、アンダマン島へつれてこられてしまったんだ。

そのうち、たいせつな宝の絵地図を、モースタン大尉に見つけられ、とりあげられてしまったわけだ。宝の絵地図を手にいれたモースタン大尉は、もちろん、上官のショルトー少佐に見せて、そうだ

んしたにちがいない。ところが、ぬけめのないショルトー少佐は、じぶんひとりで、こっそりアグラの宝をほりだすと、いそいで軍人をやめて、イギリスへひきあげてきてしまったわけだ」

「ふーん」

ワトソンは、かんしんしたようにうなずきました。

「あとをおってかえってきた大尉は、むろん少佐の屋敷へいって、宝の半分を、わけてくれとたのんだ。そのあらそいのさいちゅうに、大尉は、しんぞうまひをおこして、少佐のへやで死んでしまったというわけだ」

ホームズは、ひたいからあせをながしながら、はしりはしり、つぎつぎになぞをといていきました。

「それでショルトー少佐は、四人の囚人が宝をうばいかえしにくるのを、こわがっていたわけですね」

ワトソンにも、やっとショルトー一家が、義足をつけた男をこわがっているわけが、のみこめてきました。

「そうだよ。アンダマン島から、きっとスモールが、おこって手紙をよこしたにちがいない。さもなければ、あんなに義足をつけた男を、こわがるはずはないからね」

「ほかの三人は、どうしたんでしょう？」

「たぶん死んでしまったか、まだ、アンダマン島の刑務所に、つながれているんだろう。かわいそうなのは、あのサディアスだよ。あの男は、警察へひっぱられていかれるようなわるものではない。兄のバーソロミューにはんたいまでして、メリーさんに、宝の半分をわけてやるつもりでいるし、死んだモースタン大尉には、りっぱなはかまで、たててやってあるそうだ」

「はやく、ぼくたちが犯人をつかまえてやらないと、気の小さいサディアスは、ろうやの中で、しんぞうまひをおこして、死んでしまうかもしれませんね」

「うん。しかし、サディアスがそんなことになるまえに、この犯人は、きっとつかまえてみせるさ」

ふたりがいきをきらしながら、むちゅうで話しているあいだも、トビーは、やすみなく、ぐんぐんさきへいそいでいきました。

ちょうどホームズたちが、ネルソン工場のうらまできたときです。とつぜんトビーが、はげしくほえはじめました。

「しめた。てきはちかいぞ！」

ホームズとワトソンは、ひといきいれると、トビーのあとから、ネルソン工場の材木おき場へ、とびこみました。

そこには、大きなセメントだるが、山のようにつみかさねてありました。トビーは、そのセメントだるのひとつにむかって、もうれつにほえたてました。

「ワトソンくん。あのたるのかげがあやしいぞ」

ホームズは、ピストルをにぎりしめると、じっと、セメントだるの山をにらんでいましたが、きゅうになにがおかしいのか、くすくすわらいだしました。

「どうしたんです、先生？」

ワトソンは、びっくりして、ホームズのかおを見ました。するとホームズは、おかしくておかしくて、たまらないようにわらいながら、

「わっははは。こりゃ、ゆかいだ。トビーのやつめ、たいへんなしくじりをしでかしたわい。ワトソ

ンくん。トビーが、むちゅうでおいかけてきたのは、やつらの足あとではなくて、あのセメントだるだったんだよ」

「えっ、セメントだる？」

「ワトソンくん。あそこへいって、セメントだるのにおいをかいでごらん。あのたるには、クレオソートがぬってあるにちがいないよ」

ワトソンは、あわてて、セメントだるのそばへはしりよって、ちょっとにおいをかいだかと思うと、

「わあ、くさい、くさい」

と、はなをつまんで、にげだしてきました。

かし船《ぶね》屋の子ども

「やれやれ、ふりだしにもどってしまった。またはじめからやりなおしだ」

ホームズは、がっかりしたようにトビーをつれて、ネルソン工場の外へでました。

「これいじょう、トビーとマラソンをやるわけにはいかない。すまないが、ワトソンくん。馬車をさがしてきてくれないか」

ホームズがあせをふきながら、ワトソンにいいつけていると、とつぜんトビーが、なにをかぎつけたのか、いきおいよくはしりだしました。

「おやっ。トビーのやつ、またなにか、においをかぎつけたらしい。……車道でなく歩道をはしっていくところをみると、こんどは、まちがいなさそうだぞ」

ホームズは、きゅうにげんきをとりもどしたように、ワトソンをはげましながらトビーのあとをおって、かけだしました。

もう町は、すっかりねむりからさめて、朝の活気にみちています。トビーは、ぐんぐんホームズたちをひっぱるように、プリンス街から、ブロード街をぬけて、とうとうしまいに、ひろびろとしたテームズ川の岸べにたどりつきました。

ちょうどそこには、そまつな木のさんばしが、川につきだしていました。トビーは、そのさんばしのいちばん先まではしっていくと、どす黒くよどんでいる川のながれを見おろしながら、かなしそうにほえはじめました。

「しまった。ワトソンくん。やつらは、このさんばしから、船にのってにげたらしいぞ」

ホームズは、くやしそうに川をにらみながらさけびました。

さんばしには、五、六せきのランチや、ボートがつないでありました。ホームズは、さっそくその船のそばへトビーをつれていって、においをかがしてみましたが、トビーは、しらんかおをしています。

「どうも、まずいことになったな。やつらは、われわれがかんがえていたより、ずっとりこうだ。……やつらは、はじめからこのさんばしまできて、船にのってにげるつもりでいたんだ」

ホームズは、がっかりしたようにつぶやきました。そのときです。さんばしのすぐうしろにある、ふるぼけた、れんがづくりのかし船屋のドアがあいて、五、六才になる男の子が、ぱっととびだしてきました。

「これ、ジャック。どこへいくの。さあ、はやくかおをあらって、ごはんをおあがり。いうことをきかないと、おとうさんがかえってきたらいいつけて、うんとおしおきをしてもらうよ」

むちゅうでどなりながら、あからがおのふとったおかみさんが、男の子のあとをおいかけるようにして、小屋の中からとびだしてきました。

「いやだ。いやだ」

にげまわっていた男の子が、とつぜん、ホームズのたっているさんばしのほうへ、まっしぐらにかけてきました。

するとホームズの目が、きゅうにいきいきとかがやきました。

「ぼうや、いい子だね。このおじさんが、なんでもぼうやのすきなものをあげるよ。なにがいい？」

そういいながらホームズは、手まねきして、男の子をよびとめました。男の子は、ちらりとトビーを見てから、いきおいよくいいました。

「ぼく、銀貨がほしいんだ」

「なに、銀貨だって。もっとほかに、ほしいものはないのかい」

「ほかのものならいらないよ。ぼくは、銀貨が二まいほしいんだよ」

「そうかい。それならあげよう」

「ほんとうにくれる？」

「ああ、やるとも。だけど、むだづかいはいけないよ」

ホームズは、ポケットから銀貨を二まいとりだすと、ジャックの手に、にぎらせてやりました。

「ぼく、ボートをつくるんだよ。ぼくのおとうさんは、すばらしいランチをもっているんだ。すごくはやいんだよ。でも、ぼくはのせてもらえないんだ。だからぼく、おこづかいをためて、大きなボートを、じぶんでつくるんだ」

ジャックは、かわいい目をくりくりさせて、うれしそうにとんでいこうとしました。するとホームズは、あわててよびとめました。

「ぼうや。おとうさんのランチを、おじさんに見せてくれないか」

「うん。でも、いまはここにないよ」

「どこかへでかけたの？」

「うん。けさはやく、お客さんをのせて、川をくだっていったよ」

「そのお客さんは、木の義足をつけていたね。ね、そうだろう」

「うん。色のまっくろな、ひげもじゃのおじさんだったよ」

ワトソンは、もうすこしで、さけび声をあげるところでした。

「どうだね、ワトソンくん。わたしは、むだにお金はつかわんだろう」

ホームズが、とくいそうにわらっていると、そこへ、ジャックのおかあさんがやってきました。

「まあ、だんなさま。こんなたいへんなものをいただいて、もうしわけございません」

「ご主人は、おるすだそうですね。じつは、ランチをかりにきたんだが……」

「あいにくと、いそがしいお客をのせて、けさはやくでかけていきました」

「それはざんねんだ。なにしろ、おたくのランチときたら、すばらしくはやいからね」

「うちのオーロラ号にかなうランチは、このひろいテームズ川にも、一せきだってありゃしませんよ」

かし船屋のおかみさんは、とくいそうに胸をはって、にっこりわらいました。

ホームズは、うなずきながら、

「たしかオーロラ号は、みどり色だったね」

「いいえ。ついこのあいだぬりかえたばかりです。お客にすすめられて、まっ黒にぬりかえたんです。もっとも、よこに、まっかなすじを、二本いれましたがね」

「そりゃ、かえって目だたなくなってしまったね」

「でも、お客ののぞみですからね。なにしろそのお客は、とてもわたしどもを、かわいがってくださるもんですからね」

「そのお客というのは、けさ、いっしょにでていったお客さんのことだね」

「はい。そうでございますよ。足のご不自由なかたで、なんでもインドのほうから、かえっていらしったかたのようでしたよ」

ワトソンは、ホームズのうしろで、どきりとしました。

「そのお客さんは、なんども、ここへきたことがあるのかね？」

「たしか、二、三どだと思いますが、お見えになりましたよ」

「そのかたは、どこに住んでいなさるか、あなたにわからんかね？」

「さあ、ききませんね。だんなさまは、あのお客に、なにかご用がおありなんですか？」

「いや、わたしもインドからかえってきたばかりなので、あちらの話がしたいと思っただけなんだよ」

「それはざんねんなことをしましたね。もう一時間もはやくお見えになれば、おあいになれたんですのにねえ」

「なに、またくるからいいよ」

ホームズは、かし船屋のおかみさんにわかれて、テームズ川の岸を、ぶらぶらとあるきはじめました。

ワトソンは、ホームズのうしろからせきたてました。

「先生。すぐ警察へいきましょう。ジョーンズ警部にたのんで、オーロラ号をつかまえてもらいましょう」

「とんでもない。このひろいテームズ川には、まい日、なん百せきというランチが、のぼったり、くだったりしているんだよ。それを、ひとつひとつさがしていたんでは、ひと月かかっても見つけられるものか」

「それでは、ぼくたちでさがすんですか?」

「そうだ。りっぱにつかまえて見せるつもりだよ、ワトソンくん」

ホームズは、じしんありげに、つよくうなずきました。

テームズ川の少年隊

ホームズとワトソンは、ピンチン横丁のシャーマン老人の店へよって、トビーをかえしてから、ベーカー街の事務所へかえることにしました。

ホームズは、ワトソンを店の外にまたせておいて、なにかしきりに、シャーマン老人と話しこんでいましたが、

「それでは、たのんだよ」

といって、外へでていきました。

ホームズとワトソンが、わたのようにつかれて、ベーカー街へかえったときは、もう朝の八時になっていました。

ホームズは、ワトソンにコーヒーをいれさせると、それをうまそうにのみながら、朝の新聞をテーブルにひろげ、しばらくよんでいましたが、とつぜんにっこりとして、

「やっぱり、わたしがかんがえていたとおりになったよ。ワトソンくん」

と、きげんのよい声でいいました。

ワトソンが新聞をのぞいてみると、ゆうべの『ポンジチェリ荘の事件』のことが、大きくのっていました。

「やっぱりジョーンズ警部は、とんがり頭のサディアスを犯人だと、思いこんでいるらしいですね」

「そうだよ。この記事のおかげで、われわれは、ゆっくりと、オーロラ号をさがすことができることになった」

ホームズのおかしなことばに、ワトソンはびっくりしました。

「なぜですか？」

「ワトソンくん。この新聞記事を犯人がよんだら、いったいどう思うだろう？」

「そうですね。しばらくのあいだ、じぶんたちのところへは、つかまえにこないだろうと思って、あんしんするでしょう」

「そのとおりだ。にげるにしても、すぐには、にげださないだろう。まずアグラの宝を金にかえるまでは、かならずロンドンのどこかに、かくれているだろう」

「じゃ、オーロラ号をさがしても、むだですね」

「むだなことはないと思うね。オーロラ号は、にげだすときのために、どうしてもひつようなんだから。

ワトソンくん。きみはさっき、かし船屋のおかみさんがいったことばを、わすれてしまったとみえるね。かし船屋の主人、つまりオーロラ号の船長は、やつらから、たくさんのお金をもらっているんだよ」

「船長は、あいつを、いいお客だと思っているんですね」

「そうだよ。スモールは、このロンドンからにげだすまでは、あのオーロラ号をはなせないんだ。だから、オーロラ号をさがしさえすれば、きっとやつらのかくれ家も、見つかるというわけだ」

「いったい、オーロラ号は、どこにかくれてしまったのでしょう」

ワトソンが、うでをくんでかんがえこむと、ホームズがにっこりして、

「そのことなら、もう手配ずみだよ。オーロラ号をさがすには、われわれいじょうの名探偵がいるんだよ。そら、やってきたぞ」

ホームズがいいおわらないうちに、がたがたとゆかをふみならして、十人あまりの、うすぎたないなりをした少年たちが、どかどかと、へやの中へとびこんできました。

「ホームズ先生、こんにちは」

まっ白な歯をした少年のひとりが、ホームズのまえへとびだすと、ぺこりとおじぎをしました。

どの子も十才か十二、三才ぐらいの少年たちばかりで、あかだらけのかおに、かみの毛をぼうぼうとのばしていて、まるでこじきの子のようでした。

そのくせ、どの少年も、あんがいぎょうぎがよく、ホームズにあいさつすると、ずらりと、よこへ一列にならびました。

「よしよし。ごくろうだった、ウイギンズ」

ホームズは、にこにこしながら、いちばん年うえのウイギンズ少年にいいました。

「こんどからは、こんなにおおぜいで、どかどかとやってきてはいけないよ。いつどこで、わるものどもが、目をひからせているかわからんからな。テームズ川の少年隊は、目だたないように、かつやくするもんだ」

「はいっ」

少年たちは、げんきよくこたえました。

ホームズは、少年たちのかおを、ぐるっと見まわしてから、しずかにいいました。

「きょう、きみたちをここへよんだのは、オーロラ号というランチを、さがしてもらいたかったからだ」

「オーロラ号って……。あのかし船屋のランチですか?」

「そうだ。よこはらに、赤すじが二本はいっている黒い船だよ」

「ぼく、しっています。かし船屋のジャックと、よくあそんでやるんです。あの船、このあいだ、ぬりかえたばかりなんですよ」

少年隊のひとりが、とくいそうにこたえました。

「よしよし。それなら、なおつごうがいい」

「スミス船長が、なにかわるいことをして、にげたんですか」

「そうじゃないよ。わるものにだまされて、テームズ川のどこかにかくれているんだ。だからきみたちは、できるだけはやくオーロラ号を見つけ、すぐ、わたしのところへしらせておくれ」

「はいっ。わかりました」

少年たちは、いきおいよくへんじをすると、ウイギンズをせんとうにして、まるで風の子のように、外へとびだしていきました。

ワトソンは、このありさまに目をまるくしてききました。

「先生。あの子たちは、なんです。どこからきたんです」

「テームズ川からさ」

「テームズ川からですって?」

「あっはは……。びっくりすることはないよ。あの少年たちは、シャーマン老人がかわいがっている、テームズ川のりょうしの子なんだよ」

「ははあ。すると先生は、さっきシャーマンさんに、あの子たちのことをたのんでいたんですね」

「そうだよ。あの少年たちは、テームズ川の船の上で、一日じゅうあそんでいるんだよ。だから、テームズ川のことなら、われわれより、ずっとくわしくしっているんだ。さあ、見ていてごらん。あのれんじゅうは、まもなく、オーロラ号を見つけだしてくるよ。われわれはそのまに、あの毒矢を吹いた、こびとのことをしらべておこう」

そういいながらホームズは、本だなの上にならんでいる、ぶあつい百科事典のまえへあるいていきました。そして、

「たぶん、これでわかるだろう」

と、いって、その中から一さつの百科事典をひきぬくと、ページをめくりながら、もどってきました。

「やっぱりそうだ。ワトソンくん。ここにくわしくでているから、あとでよんでおきたまえ。あのこびとは、アンダマン島にすんでいる土人なんだよ。身長一メートル三十センチぐらい。たいへんならんぼうもので、おそろしい毒をぬった、吹き矢をとばすことあり。しかし、いちどおんをうけたものには、たいへんなつくことがある。

……どうだい、ワトソンくん。アンダマン島の土人は、一本足のスモールには、おあつらえむきの助手じゃないか」

ホームズは、にやりとわらって、パイプに火をつけ、上にむかって、ふーうと、けむりをはきだしました。

オーロラ号のゆくえ

テームズ川の少年隊に、たのんでおきさえすれば、オーロラ号が、テームズ川にういているかぎり、かならず、見つけだしてくるにちがいありません。

なにしろ、あの少年隊は、どこへでももぐりこむことができるし、どんなことをきいたって、だれからも、うたがわれるしんぱいはないからです。

ホームズは、すっかりあんしんしていました。ところが少年隊は、どうしたことか、ゆうがたになっても、だれひとり、もどってくるようすがありません。

「どうもへんだぞ」

さすがにホームズも、すこししんぱいになってきました。

「カッパのようにすばしっこい少年たちだ。まさか、やつらにつかまることはあるまい。あすの朝までまとう。ワトソンくん。きょうはつかれたろうから、はやくおやすみ」

ホームズは、ワトソンをベッドへおいやると、じぶんは、いすにこしをおろして、じっとなにか、かんがえこんでいました。

あくる朝、ワトソンが目をさましたときには、ホームズは、ひどくきげんがわるくなっていました。

「ワトソンくん。この新聞をごらん。とうとうジョーンズ警部は、しょうこがないので、サディアスたちをゆるしたぞ」

「よかったですね」

「いいことがあるもんか。この新聞をよんだスモールたちは、ようじんするにきまっている。……もうぐずぐずしてはいられない。これからすぐ、テームズ川へオーロラ号をさがしにいってくる」

「ぼくもおともします」

「だめだよ。きみは、このへやでるすばんだ。いつ少年隊のれんじゅうが、しらせにくるかわからんからね」

ホームズは、戸だなのおくから、うすぎたない水夫用の服をひきずりだすと、それをきこみ、まっかなマフラーを首にまきつけて、のそのそと、事務所からでていきました。

おかげでワトソンは一日じゅう、うすぐらいホームズのへやで、るすばんをすることになってしまいました。

一時間、二時間……。ワトソンは、時計のはりのすすむのが、まちどおしくてなりませんでした。

「まだかなあ」

ワトソンは、まどの下で足音がするたびに、いすからとびあがりました。

しかし、いつまでたっても、ホームズはもちろんのこと、あのテームズ川の少年隊も、すがたをあらわしません。

ちょうど時計が、ごごの四時をうったときです。とつぜん、げんかんのベルが、けたたましくなりひびいて、ジョーンズ警部が、あせをふきながらとびこんできました。

「やあ、ワトソンくん。きのうは、たいへんごくろうだったね。ホームズさんは、まだおかえりになっていないかな?」

ジョーンズ警部は、ポンジチェリ荘であったときとは、まるでひとがかわったように、たいへんあいそうもよく、ていねいでした。

「先生がるすなのを、よくごぞんじですね」

ワトソンは、ふしぎに思いながら、たずねました。するとジョーンズ警部は、にこにこしながら、

「いまホームズさんから、でんぽうをいただいて、とんできたんですよ」

「えっ、でんぽうですって?」

「すぐベーカー街へいそげ。もし、るすのばあいは、わたしのかえりをまて。バーソロミューごろしの犯人は、われらのまえにいる。このでんぽうにそうかいてあるんですよ」

ジョーンズ警部は、そういいながらポケットから、もみくちゃになったでんぽう用紙をとりだして、ワトソンに見せました。

ふしぎな老水夫

「しめたっ。先生は、なにかすばらしい手がかりを、つかんだらしいぞ」

ワトソンは、いっぺんに、きりがはれたように、うれしくなってしまいました。

そのときです。とびらの外に階段をあがってくる、おもおもしい足音がきこえました。ぜいぜいという、くるしそうないきづかいさえきこえてきます。

よほどくるしいとみえて、階段のとちゅうで、二、三どやすんでから、やっと入口のとびらがひらきました。

そして、はいってきたのは、よぼよぼの水夫でした。……せなかはエビのようにまがり、ひざはがたがたとふるえ、かみの毛は、ゆきのように白く、ほおには、ながい灰色のひげをはやしていました。

ワトソンは、いったいなにごとだろうと思って、

「おじいさん。なにかご用ですか?」

と、きいてみました。

すると、年とった水夫は、ゆっくりとへやの中を見まわしながら、

「シャーロック・ホームズさんは、おるすなのかね?」

と、しわがれ声でたずねました。

「ホームズ先生はるすだけど、ぼくがかわりにきいておくよ」

「おまえさんではごめんだよ。ホームズさんへ、じかに話さなくては」

「じかに？　それじゃ、おじいさんは、スミス船長のオーロラ号のことで、ここへきたんでしょう」

「よくおわかりだね。わしは、オーロラ号のゆくえを、おしえにやってきたのさ」

「えっ、ほんとうですか」

「うそと思われてもかまわん。わしは、ホームズさんだけに、おしえにきたんだからな」

「ホームズ先生は、いつかえってくるか、わかりませんよ」

「じゃ、しかたがない。わしはかえるとしよう」

老水夫は、こしをのばすと、とびらの外へでていこうとしました。

するとジョーンズ警部が、ふとったからだをゆすりながら、あわてて老水夫のまえにとんでいって、りょう手をひろげました。

「いかないでくれ、じいさん。いま、おまえにかえられたら、わたしがこまるんだ。たのむからホームズさんのかえってくるまで、ここでまっていてくれないか」

「おまえさんがたはふたりして、この年よりを、いじめるつもりかね」

「なんでいじめるもんか。さあ、このいすにかけて、ゆっくり、たばこでものんでいておくれ」

ジョーンズ警部に、むりやりおしとどめられて、がんこものの老水夫も、やっとのことで、いすにこしをおろしました。

と、つぎのしゅんかん、とつぜん、ききおぼえのあるホームズの声が、ふたりをとびあがらせました。

「ワトソンくん。あついコーヒーを、一ぱいもらいたいね」

ワトソンとジョーンズ警部は、びっくりして、へやの中をきょろきょろ見まわしました。が、そこにいるのは、老水夫のほか、だれもいません。

「わっははは。まさかきみたちまで、こんなにうまくだませるとは、思ってもみなかったよ」

よぼよぼの老水夫は、とつぜん、白いかみの毛のかつらをはぎとり、灰色のひげをむしりとり、そしてかおじゅうのしわを、ハンカチで、ごしごしとこすりとりました。

すると、どうでしょう。その下から、はればれとした、ホームズ探偵のかおがあらわれたではありませんか。

「あっ、先生っ！」

ふたりは、どうじにさけび声をあげました。

「いや、まったくすばらしい。ホームズさん。あなたは、どこの劇場へでたって、りっぱに俳優でつとまりますよ」

「はっははは。おほめにあずかってありがとう。このへんそうのおかげで、ぶじにオーロラ号のゆくえを、さぐりだせましたよ」

「すると犯人は、そのオーロラ号というランチに、かくれているんですね？」

ジョーンズ警部が、せきこんでたずねると、ホームズは、にやにやわらいながら、

「わたしといっしょに、犯人をつかまえにいくいじょう、あなたは、わたしのやりかたに、したがっていただけるでしょうね」

と、ねんをおしました。

「もちろんです。どんなめいれいにでもしたがいますよ」

ジョーンズ警部は、すなおにこたえました。

ホームズは、まんぞくそうにうなずいて、

「よろしい。それではこん夜七時。ウエストミンスター波止場へ、船足のいちばんはやい警察ランチをまわしてください」

「おやすいご用です」

「てごわいあい手ですから、まんいちのようじんに、力のつよい警官をふたり、つれてきてもらえますか」

「しょうちしました。ほかになにか?」

「もし、アグラの宝をぶじにとりかえすことができたら、すぐメリーさんと、サディアスさんをよんで、宝の箱をわたしてやってもらいたいのです。

わたしののぞみは、それだけです。あとは、わたしの手料理で、夕食をたべていただくだけです。なあに三十分で、したくができますよ。カキのフライに、アヒルがひとつがい。それに、特級の白ぶどう酒もありますぞ」

ホームズのきげんは、このうえもありません。

まちぶせ

ホームズたちは、夕食をたべおえると、さっそく、ウエストミンスター波止場へ馬車をはしらせました。

ジョーンズ警部の手配にくるいはなく、大がたの警察ランチが、もうさんばしにつながれて、ホームズたちがくるのをまっていました。

「このランチには、どこかに、警察用だという目じるしがついていますか?」

ホームズは、ランチにのりこむと、すぐ船の上の警官にたずねました。

「ついています。うしろについている青ランプがそうです」

「それはまずい。いそいで、はずしてください」

ホームズのめいれいで、すぐその青ランプがとりはずされ、波止場とランチをつなぐ、ロープがとかれました。

いよいよしゅっぱつです。

「ホームズさん、どこへ船をやりましょう?」

「このまま川をくだってください」

ホームズがこたえると、大がたの警察ランチは、黒いけむりをはきだしながら、いきおいよく川をくだりはじめました。

みるみるうちに、おなじように川をくだっていく、たくさんの荷船《にぶね》の列を、おいぬいていきます。

それをながめながらホームズは、

「これなら、いくらオーロラ号がはやくても、にげることはできないだろう」

と、まんぞくそうに、わらっていました。はるかなセント・ポール寺院の上には、星がうつくしくまたたいていました。

三十分のち……。

「ホームズさん、ずいぶんきましたが、まだでしょうか？」

ジョーンズ警部が、しんぱいそうに、ホームズのほうをふりかえりました。

「もうすぐです。そら、ジャコブソン造船所が見えてきた。かじとりくん。船を造船所の入口がよく見られる、こちらがわの川岸へつけてください」

警部やワトソンたちは、きんちょうしたかおつきで、まえをにらんでいます。

「あの造船所のドックに、オーロラ号がかくしてあるんだ」

ホームズは、はじめてオーロラ号のゆくえをうちあけました。

「えっ、ドックの中に？」

「そうですよ。造船所のドックくらい、すばらしい船のかくしばしょは、ほかにありません。まるで森の中に、木の葉をかくすようなものです」

「それで、少年隊にも、オーロラ号が見つけだせなかったのですね」

ワトソンがたずねると、ホームズは、うなずきながら、

「そのとおりだ。わたしは、けさになって、やっとそのことに気がついたんだ。それで、すぐ水夫にへんそうして、テームズ川の造船所という造船所を、かたっぱしからさがしまわってみたんだよ。そして、とうとうオーロラ号が、あのジャコブソン造船所のドックに、あずけてあるのをつきとめたわけだ」

ジョーンズ警部は、まちきれないように、部下の警官からぼうえん鏡をとりあげ、きんちょうしたかおつきで、造船所の入口をのぞきはじめました。

しかし、ホームズは、ゆうぜんとして、

「にげだすしんぱいはありませんよ。やつらのにげだすのは、こんやの七時すぎなんだから」

「どうして、そんな時間まで、あなたにわかるのです?」

「造船所ではたらいている技師から、こん夜の七時にスミス船長が、オーロラ号をとりにやってくることを、ききだしてあるんですよ」

「まちがいはありますまいね」

「ありませんね。わたしは、ようじんのためドックの入口に、少年隊のウイギンズ少年を見はりにたたせてあるのです。もし、オーロラ号がうごきだせば、その少年が、白いハンカチをふることになっているのです」

「あっ、なるほど。ガス燈の下に少年が立っています。あの少年ですね。しかし、しんぱいだな。……もう七時すぎですからね」

ジョーンズ警部は、まどからからだをのりだすようにして、むこう岸の造船所をにらみました。

そういえば、いつのまにか日は、とっぷりくれて、川岸のガス燈が、つぎつぎに、きりなかの中にかがやきはじめていました。

「七時十五分になりましたよ」

また、ジョーンズ警部がいいました。いらいらしているようすです。ホームズは、それにはこたえず、パイプをくわえたまま、じっと造船所をにらんでいます。

きゅうに、ぼうえん鏡をのぞきこんでいた、ジョーンズ警部がさけびました。

「やっ、ハンカチをふりだしたぞ！」

いっしゅん、みんなは、はっとして警部のかおを見つめました。

こびとのさいご

「あっ、でてきたっ。オーロラ号がでてきたぞ」

と、ジョーンズ警部がさけびました。

「かじとりくん、前進だ！　いいかね、あの黒いランチだ。ぜったいに見うしなうなよ」

ホームズのめいれいで、警察ランチは、エンジンのうなりをたてて岸をはなれました。ホームズは、じっとオーロラ号をにらんでいましたが、きゅうにしんぱいそうに、

「なるほど。かし船屋のおかみさんが、じまんするだけあって、おそろしくはやいランチだ。おいつけるかな？」

「にがすもんか。おいっ。もっと石炭をたたきこめ！　かまがやけてもかまわん。全速力がでおいかけろ」

ジョーンズ警部のどなる声で、かまたきの水夫は、きちがいのように、つぎからつぎへと石炭をたたきこみました。

かまはまっかにやけてうなりだし、エンジンは、あらしのようにほえはじめました。

「とばせ、とばせ！」

へさきにかきわけられる水は、高いうねりを、船のりょうがわへつぎつぎにおくり、すれちがう荷

船を、びっくりさせました。

「いくらか、きょりがつまったようだ」

「もうひといきだぞ！」

おりよくきりがはれて、黒いあくまのようなオーロラ号の船体が、なまり色にかがやく水の上に、くっきりとうきあがりました。

こうなればしめたものです。ぜったいに、あいてを見うしなうしんぱいはありません。警察ランチは、全速力をあげて、しだいにオーロラ号においせまっていきます。

「よし。もうこっちのものだ。ライトをつけろ！」

ジョーンズ警部のめいれいとともに、船首のサーチライトが、さっと水面をてらしだしました。まばゆいサーチライトの光が、ありありと、オーロラ号の上につったっている男のすがたを、うかびあがらせました。

「あっ、スモールだ！」

その男の右足は、たしかに、義足です。

「おやっ、一本足の男のうしろに、みょうなやつがうずくまっているぞ！」

ジョーンズ警部は、ぼうえん鏡をのぞきながらどなりました。

「やっ、こどもだ。こりゃいかん。うっかりピストルはうてんぞ」

「いや。あれは、こどもではない。アンダマン島からつれられてきた土人だ」

「えっ、土人？」

ジョーンズ警部は、びっくりして、ホームズをふりかえりました。

「バーソロミューをころしたのは、あの土人なんだ。ワトソンくん、ゆだんをするな。いつ毒矢をとばされるかわからんぞ」

ホームズをはじめ警官たちは、ゆだんなくピストルをにぎりしめました。

一メートル、また一メートル。ホームズたちの警察ランチは、オーロラ号をおいつめていきます。もうはっきりと、オーロラ号のエンジンのひびきが、きこえてきました。

「とまれっ」

ジョーンズ警部が、われるような大声でさけびました。

「とまらんと、うつぞ！」

が、オーロラ号は、とまるどころか、スピードをゆるめもしません。へさきに白いしぶきをあげながら、全速力でにげていきます。

「うてっ！」

ジョーンズ警部は、オーロラ号のエンジンをねらって、ピストルをぶっぱなしました。

と、そのときです。スモールの足もとにうずくまっていた黒いかげが、むくむくとおきあがりました。

せの高さは、やっと一メートルをわずかにこすほど。ばかでかい頭に、みじかい手足がついているかんじです。かみの毛は、ぼうぼうにみだれて、大きな目が、サーチライトをあびて、ぎらぎらとひかっていました。

とつぜん、その怪人は、あついくちびるをむいて、まっ白い歯をだしたかと思うと、だぶだぶの長いがいとうの中へ、手をつっこみました。

「やっ、吹き矢をとばすぞ。ジョーンズ警部。あいつが手をあげたら、ようしゃなくピストルをぶっぱなせ！」

ホームズがさけびました。もう船と船とのきょりは、四メートルとありません。思いきってジャンプをすれば、とびうつれそうでした。

一本足のスモールは、らんらんと目をひからせながら、警察ランチのホームズたちをにらんでいましたが、とつぜん、

「ちくしょう、やっつけろ」

と、さけびました。あやしいこびとは、すばやくがいとうのふところから、ほそながいつつのようなものをとりだすと、いきなりそのかたはしを口にくわえました。

びゅっと川風をきりさくような音をたてて、インドの毒矢は、ホームズの耳をかすめて、うしろの板かべに、ぴしっとつきささりました。

「うてっ！」

ホームズがさけぶとどうじに、ジョーンズ警部がピストルのひきがねを、ぐいとひきました。

ダーン。ダーン。ピストルのたまは、つづけて二はつ、こびとめがけてとんでいきました。

こびとは、ひめいをあげると、りょううでを、ぐっとまえにつきだし、もんどりうって川の中へついらくしました。

「うぬ、やったな！」

一本足のスモールは、いきなりオーロラ号のかじにとびつくと、ぐいと右へかじをきりました。

オーロラ号を、警察ランチに、ぶつけるつもりなのでしょうか。

「あぶないっ！」

ホームズが、さけぶしゅんかん、オーロラ号は、警察ランチの船腹をけずりとるようにして、テームズ川の岸へむかってはしりました。

オーロラ号が、岸へぶつかるまえに一本足のスモールは、すばやく岸へとびうつってにげようとしました。しかし、義足なので思うようにはとべず、あっというまに、どろ沼のような川岸の水の中へ、ころげおちてしまいました。

「よし」

ジョーンズ警部は、警察ランチのへさきから、さっと、なわをなげてやりました。

ホームズたちが、スモールに手じょうをかけて、オーロラ号にとびうつると、よくばりもののスミス船長が、まっさおになって、ふるえていました。

「すみません。わたしは、なにもしらなかったのです」

おろおろしながらスミス船長は、ジョーンズ警部に、じぶんにつみのないことを、くどくどと、うったえました。

しかし、スモールにみかたしたつみを、かんたんにゆるすような警部ではありません。すぐにスミス船長にも、手じょうをかけてしまいました。

あのアグラの宝をいれた鉄の箱は、さがすまでもなく、オーロラ号の船室においてありました。

「これでいい。あとは、ジョナサン・スモールに、バーソロミューがころされたときのことをきくだけだ」

ホームズは、ほっとしたように、パイプをくわえると、スモールのまえにいって、しずかにたずねました。

「おまえは、ジョナサン・スモールというイギリス人で、インドのアンダマン島にいた、囚人だったね」

「よくごぞんじで……。しかし、バーソロミューさんをころしたのは、わたしじゃありませんぜ」

スモールは、いまいましそうに目をむいて、ホームズをにらみました。

「わかっている。川にころげおちて死んだ、こびとのしわざにちがいあるまい。あのこびとは、アンダマン島からつれてきた土人だろうね。なんという名なのかね？」

「トンガです。わたしにとっては、かけがえのない部下でした。かわいそうなことをしましたよ」

スモールは、さすがにしんみりとして、かおをふせました。

「わたしは、ポンジチェリ荘をしらべてみて、おまえたちのやったことは、あらかたしっているんだよ。おまえは、トンガにやねからしのびこませ、三階のまどからロープでつりあげてもらったね」

ホームズのことばに、スモールは、びっくりしたように目をみはりました。

「おっしゃるとおりですよ、だんな。わたしは、ショルトー少佐にうらみはあっても、あのバーソロミューというむすこには、なんのうらみもないのです。はじめから、ころすつもりはなかったんだ。あのへやに、いないと思ったバーソロミューさんが、テーブルのまえにがんばっていたので、トンガのやつが、あわてて吹き矢をとばしてしまったんだ」

「やねうらべやからだね」

「そうです。クレオソートのかんはひっくりかえすし、バーソロミューさんを死なせてしまうし、こりゃ、アグラの宝ののろいかもわかりませんぜ」

スモールは、ぶるっとからだをふるわせました。

「いったい、おまえたちがねらっていたアグラの宝というのは、インドのどこからぬすんできたんだね」

「だんな。ねらっていたというけれど、あのアグラの宝は、もともと、われわれ四人のものだったのを、ショルトー少佐が、よこどりしてにげたんですぜ」

スモールは、くやしそうにさけびました。

「しかし、もともと宝は、どこかにうめてあったんだろう。それを、おまえたち四人が、ぬすんだのじゃないか」

「ぬすんだわけじゃありませんよ。インドでゆうめいなアグラの城に、ふるくからつたわっている宝の箱を、われわれ四人が、ほりあてたんでさあ」

スモールは、じまんそうに、はなをうごめかします。

「せっかくほりあてた宝を、なんですぐ、わけあわなかったんだね」

「わたしたち四人は、そのとき警察におわれていたんですよ。アグラの森で、山ぞくのようなまねをしていたもんですからね」

「ははあ。すると、おまえたちは、そのつみで、つかまることがわかっていたんだな」

「そのとおりでさあ。山ぞくのつみがゆるされてから、ゆっくり宝をほりだすつもりで、アグラの城の絵地図に、めいめいの名まえをかきのこして、四人がそろわなければ、宝はほるまいと、かたくやくそくしたんです」

「なるほど。それで四つの署名のなぞがとけた」

ホームズは、うなずきました。スモールは、まだくやしそうに、

「その絵地図を、モースタン大尉に見られたばっかりに、あのよくばりものの少佐に、アグラの宝を、ほりだされてしまったんだ」

「ほかの三人は？」

「まだアンダマン島に、つながれていまさあ」

「すると、この宝を手にいれたおまえは、またインドへわたるつもりだったんだね」

「もちろんですよ」

「だが、それはゆるさん。この箱の宝は、サディアスさんと、メリーさんにわけてやれ。そうすれば、死んだモースタン大尉やバーソロミューさんも、まよわずに天国へいかれることだろうからな」

「すきなようにしてください」

スモールは、あきらめたように、よこをむいてしまいました。

しばらくするうちに、メリーとサディアスが、ワトソンのむかえの馬車にのって、警察ランチにやってきました。

船室のテーブルのまえへ、ふたりをよびよせたホームズは、

「これがアグラの宝をおさめた鉄の箱です。メリーさん。ふたをあけてごらんなさい」

と、メリーにすすめました。

メリーは、おそるおそる箱のふたをひらきました。すると、まばゆいばかりの宝石が、あらわれると思いのほか、

「あっ、ないっ！」

だれよりもさきにサディアスが、まっさおになってさけびました。むりもありません。鉄の箱の中は、からっぽだったのです。

「スモールっ。おまえ、宝をどこへかくしたんだ」

ジョーンズ警部が、いかりにふるえながらさけびました。すると、一本足のスモールは、あざけるように、げらげらとわらいだしました。

「わっははは。おそかったよ、だんな。アグラの宝は、にげるとちゅうで、テームズ川の中へなげこんでしまったんだ」

「なにっ、テームズ川へ？」

「うそだと思うなら、川底をさらってみろ。川底にゃダイヤモンドが、かぞえきれないほど、ちらばっていますぜ。しかし、テームズ川は、海のようにひろいんだ。おまえさんがたが、一年や二年かかっても、とてもさがしだすことはできませんぜ」

「なん年かかってもかまわん。かならずさがしだしてみせるぞ」

ジョーンズ警部は、まっかになってどなりかえしました。すると、だまってきいていたメリーが、いまにもなきだしそうな声でいいました。

「もう、アグラの宝をさがすのは、やめてください。あの宝は、だれのものでもありません。たとえ見つかっても、わたしどもは、いただくわけにはまいりません。

あの宝のおかげで、とうとい人の命が、たくさんうばわれました。これいじょう宝のために、みにくいあらそいはつづけたくありません。おねがいです。おねがいします。宝をさがすのはやめてください」

メリーのことばに、胸をうたれたスモールは、

「そうだ。このおじょうさんのいうとおりだ。おれは、二どとアグラの宝に手はださん。だんな。はやくわたしを、警察へつれていってください」

と、さけびました。ホームズは、すっかりかんしんして、

「そうだよ、スモール。アグラの宝よりも人の命がたいせつだ。わたしは、この箱のふたをひらくまえに、もうアグラの宝が、なくなっていることをしっていたんだよ。箱のかぎが、こわされていたからね。もちろん、オーロラ号で、国外へにげだすつもりのスモールが、宝をほかにかくすはずはない。スモールのいったことは、ほんとうだと思う。

ただわたしは、メリーさんたちの心を、ためしてみたかったんだ。メリーさん。あなたは、りっぱなかたです。わたしは、あなたのようなかたのためにはたらいたことを、よろこんでいますよ」

といって、にっこりわらいました。そのため、さすがにジョーンズ警部も、サディアスも、もうテームズ川の底をさらおうなどとは、いいだせなくなってしまいました。

メリーや、サディアスたちとわかれたホームズとワトソンは、馬車にのってベーカー街へ、かえることにしました。

「これで、四つの署名事件もぶじにおわった。ワトソンくん。あすは、やくそくどおりチェスタトンの店へ、古切手を見にいけそうだよ」

ホームズは、まんぞくそうに、パイプに火をつけると、ふかくすいこみました。

しだいにとおざかっていく、ホームズたちをのせた馬車を、テームズ川のきりは、カーテンをおろすように、しずかにけしていきました。

あののろわれた財宝、アグラの宝も、いまはテームズ川の川底で、きらきらと、うつくしくかがやきながら、ねむっていることでしょう。

金ぶちめがねのなぞ

あらしの夜

もうすぐ冬がこようとしている十一月すえの、あるひどいあらしの夜のことでした。

ホームズは、ワトソンをあいてに、ベーカー街の事務所で、たいくつそうに本をよんでいました。

すると、こんなあらしの夜だというのに、だれかがたずねてきたらしく、おもてに馬車のとまる音がしました。

「おや、いまじぶんだれだろう」

「先生。もう十一時すぎですよ」

「だからといって、かえすわけにもいくまい。ここへとおしておくれ」

ホームズは、よみかけの本を、テーブルの上におきました。

しばらくするとワトソンが、ずぶぬれのレーンコートをきた、わかい男をあんないして、げんかんからもどってきました。

「おそくおじゃましまして、すみません。ぼくは、ロンドン・タイムズのホプキンズという社会部の記者です。じつは、あんまりふしぎなことがおこったので、ホームズさんに、ごいけんをうかがいにきたのです」

「こんなあらしの夜に、いったい、なにがおこったのです」

「じつは、ヨックスリ村の事件で、ぼくは、きょうの三時ごろから、とびまわっていたのです」

「だれか、ころされでもしたのですか?」

ホームズがたずねると、ホプキンズ記者は、ひどくこうふんして、

「ぼくの親友が、とつぜん自殺したのです」

「自殺ですか?」

「ええ、警察ではそういうんですが、その男は、まだ学生で、たいへん頭のいい、ほがらかな青年です。とても、じぶんで死ぬような男ではありません」

「まあ、ホプキンズくん。いまワトソンくんに、あついコーヒーをいれさせるから、そのぬれたレーンコートをぬいで、ここへおかけなさい。話をきくのはそれからだ」

「はっ。すみません」

ホプキンズ記者は、かおをあからめ、あわててコートをぬぐと、だんろのまえのいすへこしをおろしました。

「いったい、どうしたというのです」

ホームズは、ようやく、おちつきをとりもどしたホプキンズ記者に、やさしくたずねました。

「じつは、きょうの三時ごろ、ぼくの新聞社に、ヨックスリ村のコーラム博士の屋敷で、博士の助手が自殺したという、ニュースがはいりました」

「ヨックスリ村というのは?」

「ケント州のチャタム市から、やく五キロばかりおくにある、さびしい農村です」

「コーラム博士というのは、なにをしている人ですか」

「エジプトのいせきをしらべている、ゆうめいな考古学の先生です」

「ああ、ピラミッドの研究家なんですね」

「ええ。……ぼくはしらせをうけて、びっくりしました。なにしろその助手というのは、ぼくにとってたいせつな親友の、ウイロウビという学生だったんですから」

「なるほど」

「ウイロウビは、コーラム博士の研究室に、半年ほどまえからつとめていたのです。まさか、あのウイロウビが死ぬはずはないと思いましたが、とにかく、ぼくは汽車にのって、すぐにヨックスリ村へかけつけたのです」

「いってみると、やはりウイロウビくんが、死んでいたというわけですね」

「そうです。しかし、ぜったいに自殺ではありません。ウイロウビは、ペーパーナイフで、のどをつかれて死んだのです」

「ふうむ。……なぜそれを警察は、自殺だというのかね」

「ころされたというしょうこが、なにもないというのです」

「なるほど。……それできみは、なぜウイロウビくんが、ころされたと思ったのです」

ホームズがたずねると、ホプキンズ記者は、ここぞとばかりに、からだをまえへのりだしました。

「ホームズさん。それは、警察がいうように、ころされたというしょうこもないかもしれませんが、自殺したというしょうこもないのです。

それよりも、じつにふしぎなことがあるのです。もしウイロウビが自殺したのなら、死ぬときに、ひめいなどあげないにちがいありません。ところが、スーザンという女中は、おそろしいひめいを、たしかにきいたといっているのです」

「それはおかしいですね」

「しかし、ホームズさん。ざんねんなことに、ぼくが、いくらウイロウビはころされたとさけんでみても、犯人がいたという、しょうこがなにもないのです。そのとき、犯人は屋敷の外へにげなかったのに、屋敷の中には、うたがわしいものは、だれもないのです。犯人は、屋敷の中で、けむりのようにきえてしまったのです」

「きえてしまった？」

「ええ、だから警察では、はじめから犯人などはいなかったのだといって、そのなぞをとこうともせずに、コーラム博士の屋敷から、警官をひきあげさせようとしました」

「それはきけんだね」

「ぼくは、むりに署長にたのんで、こん夜《や》ひとばんだけ、見はりの警官をたたせてもらうことにしました」

「ほーお。それは大てがらでした」

「そのかわり、もしこん夜のうちに、手がかりがつかめなかったら、ウイロウビは、じぶんで死んだことにされてしまうのです」

「なるほど。それで、わざわざあらしの中を、やってきたというわけですね」

ホームズは、ゆかいそうに、からからとわらいました。

めがねのなぞ

ベーカー街をふきまくる雨と風は、いよいよはげしくなり、ホームズのへやのまどを、つよくうちならしていましたが、ホームズたちの耳には、ぜんぜんきこえないようです。

「ホプキンズくん。コーラム博士は、むかしからヨックスリ村にすんでいたのですか」

「いいえ。ヨックスリ村へきたのは、いまから三年ばかりまえのことです。……家族といっても博士と夫人のほかには、女中のスーザンという少女と、家政婦のマーカ夫人に、にわばんのモーティマという男がいるだけで、じつにさびしい家庭のようでした。

そのうえ一年まえのこと、おくさんのアンナ夫人が、びょうきになって、里にかえったのです」

「それじゃ、いよいよさびしくなるばかりだ。いったい、おくさんのびょうきは、なんだったんです?」

「それはわかりませんが、とにかくアンナ夫人が、コーラム博士のやしきから見えなくなったので、村の人が、女中にそのわけをたずねたんだそうです。すると、女中のスーザンは、ただ、びょうきで里へかえっているとだけ、こたえたそうです」

「ふーむ」

ホームズは、目をとじて、じっとかんがえこんでいるようすでした。ホプキンズ記者はなおもせつめいをつづけます。

「なにしろ博士のやしきには、この村へこしてきてからいままで、お客らしいお客が、ひとりだって、たずねてきたことがなかったそうですからね。よほど博士は、つきあいがきらいだったのでしょう。

そのくせ博士のしごとは、ますますいそがしくなるらしく、とうとう半年ほどまえに、ぼくのロンドン・タイムズに、助手をひとりぼしゅうする広告をだしたのです」

「ウイロウビくんは、そのとき、やとわれたわけですね」

「そうです。その広告をみて、ぼくがウイロウビにすすめたのです。さいわい、ウイロウビも博士のしごとが気にいったし、博士もウイロウビのしごとぶりを、気にいってくれたらしいのです」

「なるほど」

「ぼくもあんしんして、ついウイロウビのことなど、わすれていました。そうしたら、きょう、とつぜんこんなニュースが、とびこんできたわけです……。ぼくが、あんなしごとをさがしてあげたばっかりに、ウイロウビは、こんな不幸なめにあってしまったのです」

ホプキンズ記者は、いまにもなきだしそうに、かおをくしゃくしゃにしていいました。ホームズは、それをなぐさめるように、

「きみがおどろくのもむりはないが、不幸なできごとだからしかたがないね。それよりもわれわれは、すこしでもはやく、この事件をかいけつして、ウイロウビくんのたましいをなぐさめることだね。もっとくわしく、事件のようすをきかせてください」

と、いいました。

「はい。きょうヨックスリ村へいってきいてみると、事件がおこったのは、ひるの十一時から正午に

かけて、やく一時間のあいだだそうです。女中のスーザンが、二階の客間をそうじしていると、ちょうど客間のすぐ下にある、コーラム博士のしょさいのとびらをあけて、ウイロウビがはいっていく、足音がきこえたそうです」

「どうして、ウイロウビくんの足音だということが、スーザンにわかったのかね？」

「スーザンは、ウイロウビの足音に、まちがいないといっていました。ウイロウビには、スリッパをひきずるくせがあったのです」

「なるほど。それで、そのときコーラム博士は、そのしょさいにいなかったのかね」

「博士は、いつも雨のふる日には、ずっと寝室にとじこもっていて、午後にならなければおきてこないそうです」

「なるほど」

「そしてスーザンは、ウイロウビがとびらをあけて、しょさいにはいってから一分とたたないうちに、とつぜん、おそろしいひめいがきこえ、つぎのしゅんかん、どさっとたおれる音がきこえたというのです」

「ふうむ」

「気のつよいスーザンは、ほうきをにぎりしめて、階段をおりていってみると、しょさいのとびらはあけはなされていて、中にはウイロウビが、たおれていたそうです。しょさいの中には、だれもかくれているようすがないので、スーザンは、むちゅうでたおれているウイロウビを、だきおこそうとしました。

　そのとき、ウイロウビは、かすかに目をひらいて『先生。……あの女です』といって、そのまま、いきをひきとってしまったそうです」

「ふうむ」

「あとで警官がしらべてみると、ゆかの上に、血のついたペーパーナイフがおちていました。そのナイフは、いつもつくえの上においてある、エジプトみやげのナイフでした」

「なるほど」

「ぼくがふしぎに思ったのは、そのナイフではなく、ウイロウビの右手がしっかりつかんでいた、婦人用の金ぶちのめがねなんです」

ホプキンズ記者は、そういいながら、ポケットから、ふるびた金ぶちのめがねをとりだしました。

「ほーお。よくきみは、こんなだいじなしょうこ品を、ここへもってくることができましたね」

「ホームズさんに、ぜひおめにかけたいと思って、むりに署長から、かりだしてきたんですよ」

「それは責任じゅうだいだ」

ホームズは、にこにこしながら、金ぶちのめがねを、しばらくのあいだレンズでしらべていましたが、

「このめがねは、としよりの女の人がかけていたとみえるね。このめがねに、白いかみの毛が一本、からみついているよ。それに金ぶちのめがねをかけるくらいだから、その女の人は、たぶん、上流家庭の老夫人だと思うね。もっとも、いまは、あまりらくなくらしはしていないらしいが……」

「なぜ、そんなことがわかるんですか?」

ホプキンズ記者は、びっくりしてたずねました。

「かんたんなことだよ。ここに、とめがねを、しゅうぜんしたあとが二つものこっているからね。そ

れも、ついさいきんのことだ」

「あっ、それじゃ、めがね屋をしらべれば、このめがねの、もちぬしがわかりますね」

「ホプキンズくん。ロンドンじゅうのめがね屋は、たいへんなかずだよ。とてもわれわれの手では、さがしだせないね」

ホプキンズ記者は、がっかりしたように、かんがえこんでしまいました。

「それより、ホプキンズくん。足あとはのこっていなかったのかね」

「どこにもありません」

「ろうかは?」

「ろうかにも、にわにもありませんでした」

「そうだろうね。この雨では、やしきの外の足あとは、みんなきえてしまうからね」

「ホームズさん。犯人は、にわに足あとをのこすまえに、やしきの中できえてしまっているのです」

「それは、どういういみだね?」

「犯人が、しょさいからにわへ、にげだそうとしても、そのにげみちのろうかは、ふさがれていたのです」

「なぜ?」

「ウイロウビのひめいをききつけて、にわにいたマーカ夫人が、にわばんのモーティマといっしょに、とびこんできたからです。もし、犯人が、しょさいからにげだしたとすれば、どうしても、モーティマたちとぶつかるはずです」

「ほかに、にげみちはないのかね?」

「しょさいのまどには、ぜんぶかぎがかかっていました。ほかににげみちといえば、もうひとつのとびらから、おくのろうかへ、とびだすよりほかありません」

「それじゃ、そこからにげたのだろう」

「ところがそのろうかは、ゆきどまりになっているのです。ろうかのつきあたりに、コーラム博士の寝室があるのです」

「ふうむ。コーラム博士の寝室か……」

ホームズは、かんがえこみました。

「そのときコーラム博士は、ベッドの上におきあがって、たばこをすっていたそうですから、もし犯人がとびこんでくれば、いやでも博士と、しょうとつするわけです。ところがコーラム博士は、だれもやってこなかったといっていました」

「すると犯人は、ほんとうに、けむりのようにきえてしまったというわけだね」

「ホームズさん。ごめいわくでしょうが、ぼくといっしょに、ヨックスリ村へいっていただけないでしょうか。あすの朝、六時に、チャタム市ゆきの汽車が、チャリング・クロス駅からでるのです」

「よろしい。おともしましょう」

ホームズは、にっこりわらいました。

ピラミッド博士

あくる朝はあらしもやみ、からりとした上天気になりました。

ホームズは、ワトソンをつれて、やくそくのチャリング・クロス駅へ馬車をはしらせました。

「おかげで、ひさしぶりに汽車旅行ができる」

と、ホームズは朝からきげんよく、汽車の中でも、ワトソンとホプキンズをあいてに、わらいつづけていました。

チャタム駅へついた三人は、そこで朝めしをたべると、ヨックスリ村へ馬車をいそがせました。

九時きっかり、ホームズたちの馬車は、コーラム博士の屋敷へとうちゃくしました。

「やあ、ウィルソンさん。なにか、かわったことはありませんでしたか」

ホプキンズ記者は、屋敷の門のまえに立っていた警官をつかまえてききました。

「いいえ。なにごともありませんでした」

警官は、ホームズのことを署長からきいてあるらしく、たいへんていねいに、三人をウイロウビのころされたしょさいへ、あんないしました。

とびらをあけてはいると、うすぐらいへやの中には、大きなテーブルがひとつあるだけで、あとはねずみ色のかべに、きみのわるいエジプトの仮面が、かけてありました。

ホームズは、しばらくへやの中を、あちらこちらと、あるきまわっていましたが、警官に、女中のスーザンを、よんでくるようにたのみました。

しばらくすると、十七、八才のいなか娘が、おどおどしながらはいってきました。

ホームズは、にこにこしながら、スーザンをテーブルのそばへまねきよせて、

「このテーブルの、ひきだしについているかぎは、いつこわされたのかね？」

と、やさしくたずねました。するとスーザンは、びっくりしたように、

「まあ。いつこわれたんでしょう。きのうの朝、わたしがテーブルの上をふいたときには、まだこわれていませんでしたのに……」

「きのうの朝の、なん時ごろのことだね」

「二階の客間へ、おそうじにあがるまえでしたから、十一時ごろだったと思います」

「すると、ウイロウビくんが、ころされるすこしまえだね」

「はい」

スーザンは、おそるおそるうなずきました。

「きみは二階にいて、このかぎをこわしている音を、きかなかったのかね」

「なにもきこえませんでした」

「このかぎは、こわれたんじゃなくて、むりにこわされたんだよ」

ホームズは、そういいながら、なにか、かたいものでつけられたらしいきずあとを、ゆびさしました。するとスーザンは、

「わたしがやったんじゃありません」

と、なきだしそうな声でさけびました。

その声に、ホプキンズたちは、ぎょっとしてスーザンのかおを見つめました。――もしも、このスーザンが、ウイロウビが死ぬときにいった『先生。……あの女です』の女ではないだろうか――。だれもが、そう思わずにいられなかったのです。

しかし、ホームズはやさしく、

「スーザン。しんぱいしなくてもいいのだよ。このかぎをこわしたのは、いつも金ぶちのめがねをかけている、五十才いじょうの女だよ」

といって、スーザンを女中べやにひきとらせました。

ホプキンズ記者は、ホームズのまえにすすみでると、

「ホームズさん。すると犯人は、このひきだしの中のものをぬすみにきて、それをウイロウビに見つけられたので、むちゅうで、テーブルの上にのせてあったペーパーナイフをつかみ、ウイロウビののどをついたというわけですね」

と、いいました。するとホームズは、うなずきながら、

「たぶん、それにちがいないでしょう」

と、こたえました。

「すると犯人は、いったい、どこへにげたのです?」

「たぶん、あのとびらの、むこうだと思いますね」

ホームズは、じしんありげに、おくのとびらをゆびさしました。

すると警官が、びっくりしたように、

「ホームズさん。あのとびらのむこうは、コーラム博士の寝室ですよ」

と、さけびました。ホームズは、おちついて、

「では、コーラム博士に、おめにかかりましょう」

と、こたえました。

おくのとびらをひらくと、そこには、いまホームズたちがとおってきたと、おなじようなろうかが、おくへつづいていました。

ろうかは、とちゅうから階段になっていて、そこをのぼりつめたところに、カシの木のとびらがついていました。そのうちがわが、博士の寝室です。

ホプキンズ記者は、とびらをノックして中へはいると、しばらくなにか話していましたが、すぐホームズたちを、とびらの中へよびいれました。

はいってみると、へやの中は、どこもかしこも本だらけでした。かべの本だなには、むずかしい本の山が、いまにもくずれおちそうに、つみかさねてありました。

いちばん大きな本箱のまえに、ベッドがすえつけてあり、その上に、するどい目つきをした白いかみの毛の老人が、まくらによりかかって、からだを半分おこしていました。

その老人が、このやしきの主人のコーラム博士だったのです。よほどたばこがすきらしく、やせたゆびも、白い口ひげも、たばこからでるやにで、黄色くそまっていました。

「ホームズさん。あなたのご高名は、かねがね、うけたまわっていますよ。しかし、ここには、あなたのご用はないはずです」

コーラム博士は、ぶあいそうにいうと、ぶるぶるとふるえるゆびさきで、たばこに火をつけました。

「コーラムさん。わたしは、おおくはおたずねしません。ただひとことだけ、おこたえしていただければいいのです」

「なんのことかね」

「あなたは、しょさいにあるテーブルの、ひきだしのかぎが、こわされているのをごぞんじですか」

「テーブルのかぎ？　しらんね。もっともこわされてもかまわんがね。あのひきだしの中には、ぬすまれてこまるような、だいじな品ものは、いれてないんだから」

「それでわたしは、あんしんしましたよ。おやすみのところを、しつれいしました」

ホームズは、にっこりわらうと、まっさきに、博士の寝室からでていきました。

「ホームズさん。あんなことでいいのですか？」

ホプキンズ記者は、すこしこころぼそそうにホームズのうしろから声をかけました。

「ホプキンズくん。わたしは、博士の寝室よりさきに、しらべておきたいことがあるんだよ」

ホームズは、にこにこしながら、そばにたっている警官にいいました。

「家政婦のマーカさんに、おめにかかりたいのだが……」

すると、警官はけげんそうに、

「はあ、マーカ夫人なら、だいどころにいます。すぐよんできましょう」

「いや。わたしを、そこへあんないしてください」

ホームズは、警官について、だいどころにはいっていきました。

すると、だいどころでは、家政婦のマーカ夫人が、女中のスーザンといっしょに、大きな肉を、あげているさいちゅうでした。

「やあ、たいへんなごちそうですね。……わたしたちのためなら、そんなことをなさらなくてもいいのですよ」

ホームズは、にこにこしながら、マーカ夫人に声をかけました。マーカ夫人は、びっくりしたように、目をぱちぱちさせて、

「これは、だんなさまにおだしするのです」

と、こたえました。

「ほーお。コーラム博士は、ひるめしに、こんな大きな肉をめしあがるのですか」

ホームズは、にやにやしながら、なべの中をのぞきこみました。

「はい。ほんとうに、めずらしいことでございますわ」

「そうでしょうね。あんなに、たばこずきな老人が、ひるめしをたべるのさえ、わたしには、ふしぎでなりませんよ」

マーカ夫人も、ふしぎでならないといったかおつきで、こたえました。

「じつは、わたしも、ふしぎでなりませんの。いつもは、朝はおぬきになり、やっとひるすぎになって、かるくパンを、ひときれほどめしあがるだんなさまが、きょうにかぎって朝から、パンのさいそくをなさいました」

「ほほう。そうですか。いや、ありがとう。いそがしくてたいへんでしょうが、たくさんごちそうしてあげたまえ」

ホームズは、ふたりの女をいたわると、また、しょさいへひきかえしてきました。

「どうです。なにか手がかりがつかめましたか?」

まちかまえていたホプキンズ記者が、すぐ、ホームズにたずねました。

するとホームズは、にこにこしながら、

「もう、なぞは、とけたもおなじことです。さあ、博士の寝室へ、もういちど、あんないしてください」

といって、もう、みんなのさきにたって、どんどん、とびらのおくへ、はいっていこうとします。

「ホームズさん。いったい、どうしたのです？」

ホプキンズたちはびっくりして、ホームズのあとをおいかけました。

いがいな犯人

ホームズを先《せん》とうに、みんなはコーラム博士の寝室に、どかどかはいっていきました。寝室の中には、たばこのけむりが、もうもうとたちこめていました。その中で、あいかわらず博士は、ベッドによこたわり、うまそうにたばこをすっています。

「やあ、ホームズさん。ウイロウビくんの書きおきでも、見つかりましたかね？」

コーラム博士は、うさんくさそうに、ノックもせずにはいってきた、ホームズたちをにらみながら、たずねました。

すると、ホームズは、じっと、コーラム博士のかおをにらみかえしながら、

「コーラムさん。ウイロウビくんは、自殺したのじゃありませんよ。あの本箱の中にいるご婦人に、ナイフでさされたのです」

といって、ホームズは、ベッドのうしろにある、大きな本箱をゆびさしました。

すると、コーラム博士は、とつぜん、がたがたふるえだしながら、

「きさま、気でもくるったのか！」

と、さけびました。しかし、ホームズは、それにはこたえないで、

「ワトソンくん。あの本箱のとびらをあけて、とじこめられているご婦人を、ここへだしてあげなさ

い」

と、いいつけました。

ワトソンがとんでいって、本箱のとびらをあけてみると、さるぐつわをかまされ、かたくなわでしばられた五十才ぐらいの老婦人が、ゆかの上にころがりでました。

「やっ、これは！」

びっくりしてはしりよった警官たちに、ホームズがせつめいしました。

「このご婦人が、あのしょさいへしのびこみ、テーブルのかぎをこわして、ひきだしの中から、なにかをぬすみだそうとしたとき、うんわるくウイロウビくんが、とびこんできたのです。このご婦人は、むちゅうで、かぎをこわすためにつかった、エジプトみやげのペーパーナイフで、思わずウイロウビくんを、ついてしまったのです」

ホプキンズ記者が、びっくりしてたずねました。

「しかし、なぜその犯人を、コーラム博士は、ここへとじこめたのでしょう」

「じぶんのおくさんだからです」

「えっ、おくさん？」

「そうです。この金ぶちめがねのよくにあう、アンナ夫人にちがいない。……しかし、わたしには、わからないことがある。里にかえったはずのアンナ夫人が、なにをこの屋敷でぬすもうとしたのか？」

ホームズは、ふしぎそうに、ふるえているアンナ夫人のかおを、のぞきこみました。

するとそれまで、かたくくちびるをかんでホームズをにらんでいたコーラム博士が、とつぜん、二つの目に、いっぱいなみだをあふらせながら、さけびました。

「ホームズさん。アンナには、なんのつみもありません。アンナは気がくるっているのです。もし、アンナにつみがあるなら、みんなわたしのせきにんです。そのつみは、わたしがきます」

そういってコーラム博士は、きのうまでのできごとを、みんなに、せつめいしました。

声をふるわせて話す博士のせつめいによると、やはり、ホームズがかんがえたとおり、アンナ夫人がぬすみにはいり、それをウイロウビに見つけられたので、こんなさわぎになったのでした。

ウイロウビが死ぬまえに『先生。……あの女です』といったわけは、この事件のおこる二、三日まえのこと、屋敷のにわをうろついている、アンナ夫人を見つけ、コーラム博士に『あやしい女が、にわにいました』と、おしえてあったからです。

「アンナは、一年まえに気がくるい、ロンドンの精神病院にいれてありました。それが、どういうまちがいからか病院をぬけだし、この屋敷へもどってきたのです。気のくるったアンナは、あのしょさいにおいたテーブルのひきだしの中に、じぶんのつみのしょうこになる、だいじな書類を、わたしがかくしたものと思って、ぬすみにはいったのです。

かわいそうに、アンナは、精神病院にいれられたのを、なにかつみをうけて、刑務所にいれられたものと、思いこんでいたらしいのです」

コーラム博士は、白い口ひげをふるわせながら、ベッドに身をふせてしまいました。

「おきのどくに……」

ホームズは、なぞがとけたよろこびを、わすれてしまったように、くらいかおつきで、博士の寝室をでました。あとをおって、にわへでてきたワトソンは、さもふしぎそうに、

「先生。どうしてアンナ夫人が、あのへやにかくまわれていたか、わかったのですか？」

と、たずねました。するとホームズは、はじめて、にっこりわらってこたえました。

「かんたんなことだよ。あんなにたばこずきの老人が、きゅうに大きな肉を、たべるなどといいだしたからさ。老人で、しかもたばこを、すこしもきらさずにすっている人は、だれでも食欲のないものだよ。わたしは、すぐに博士が、気ちがいのアンナ夫人を、かくまっていると思ったのさ。きちがいというものは、ふつうの人間より、たいへんくいしんぼうなものなんだよ。

わたしは、博士から『テーブルのひきだしには、ぬすまれてこまるようなものは、なにもはいっていなかった』と、いわれて、この事件のぜんぶがわかったのさ」

「なぜです」

「わからないかね。たいせつなものがいれてないひきだしから、人をころしてまで、ぬすみをするような、そんな、どろぼうなんているものか」

ホームズは、しずんだ声でいいました。

賞金をねらう男

たずねびと

どこかへ、ピクニックにでもいきたくなるような、よくはれた朝のことです。

いつものベーカー街の事務所で、ホームズは、ワトソン少年と話しあっていました。

「ワトソンくん。すばらしい金もうけが、ころげこんできたよ」

「宝さがしですか?」

「いや、人さがし。つまり、たずねびとさ」

「え、たずねびと?」

「そうだよ。ある男から、おなじ名まえの男をさがしてくれれば、われわれに、賞金のいちぶを、わけてやるといってきたんだよ」

ホームズは、にこにこわらいながら、一通の手紙を、ひらひらさせて見せました。

「うまい話ですね。いったい、なんという名まえの男をさがせばいいんですか?」

「ガリデブという名の男を、見つけさえすればいいのさ」

「ガリデブ? へんな名まえですね。イギリス人ですか?」

「いや、ガリデブという者なら、どこの国の男でもかまわんそうだ」

「そんなら、わけはありませんよ」

ワトソンは、さっそく電話ちょうをもってきて、テーブルの上にひろげ、しばらくページをめくっていましたが、そのうち、

「あっ、先生。ありましたよ。ここにちゃんとでていますよ」

と、とくいそうにさけびました。

「どれ、どれ」

ホームズは、ワトソンから電話ちょうを、とりあげると、

「ネーサン・ガリデブ、ロンドン西区、リトル・ライダ街一三六。……あっはは、これはだめだ。ワトソンくん。このガリデブは、この手紙のさしだし人だよ」

「えっ？　すると先生は、このガリデブからたのまれたんですか」

ワトソンが、がっかりしたようなかおをしていると、そのとき、だれかげんかんにたずねてきたらしく、いきおいよくベルがなりました。

「あっ、お客さまだ」

といって、とんでいったワトソンが、びっくりしたように、げんかんからひきかえしてきました。

「先生。たいへんです。またガリデブがあらわれましたよ」

ワトソンは、一まいの大きな名刺を、ホームズにさしだしました。それには、アメリカ・カンサス州ムアビル、べんごしジョン・ガリデブとかいてあります。

ホームズは、その名刺を見てにっこりわらい、

「ワトソンくん。これでもまだ、金もうけはできないよ。このアメリカしんしのことも、ちゃんと、この手紙の中にかいてあるんだよ」

「えっ。じゃ、このガリデブもいけないんですか」

「そうだよ。しかし、このガリデブが、ここへたずねてくるとは思わなかった。なんできたのかわからんが、とにかくあってみよう」

ホームズは、ワトソンにいいつけて、ジョン・ガリデブをへやにあんないさせました。

ドアをあけてはいってきたのは、せのひくい、まるがおの、まるでだるまのようにふとったアメリカ人でした。

ジョンべんごしは、いきなりホームズをつかまえると、かみつくようにどなりはじめました。

「ホームズさんは、あなたですか?」

「そうです」

「けさあなたは、わたしとおなじ名の男から、みょうな手紙をうけとったでしょうな」

「その手紙なら、ここにあります」

ホームズは、にこにこしながら、テーブルの上の手紙を、ふってみせました。

すると、ジョンべんごしは、いよいよこわいかおをして、

「ホームズさん。まさかあなたは、こんなことをしんようなさるまいね」

といって、にらみました。

「さあ、どうでしょうか」

ホームズは、にやにやわらっています。するとジョンべんごしは、こんどはきゅうにかおをやわらげて、

「ホームズさん。どうか、こんなばかな手紙のことなど、わすれてください。そのほうがあなたのた

めですから」

「それはざんねんですね。わたしはガリデブという男をさがして、賞金のわけまえを、もらおうと思っていたんですよ」

「あのよくばり男が、賞金など、わけるはずはありませんぞ」

「賞金をわけたくないのは、あなたのほうでしょう」

「ホームズさん。あなたは、とんでもないことをおっしゃるかただ。だから、わたしは、警察にかんけいのあるあなたなどに、かかわりあいになってもらいたくないのです」

「それはまたなぜです。警察にきかれては、こまるとおっしゃるんですか？」

「そういわれるとこまるが、とかく警察というものは、だれでもかまわず、うたがいをかけて、こまらせるものですよ。おかげでしょうじきな男は、死ぬほどくるしみます。だからわたしは、警察が大きらいなのです」

「いちいちごもっともです。しかし、ガリデブさん。わたしのところへおみえになった、だいじなお客さまのひみつを、わざわざ警察へなど、しゃべりにいくはずはありません。どうぞあんしんして、なんでもうちあけてください。かならずあなたがたの、力になってさしあげますよ」

「べつに、かくすほどのことでもありませんが……」

ジョンべんごしは、こまったようにひたいのあせをふいていましたが、しかたなさそうにいいました。

「では、あなただけにとくべつお話しましょう。じつは、わたしがロンドンへくるまえのことです。わたしは、アメリカのカンサス州のある町で、べんごしをやっていましたが、ある朝、ふしぎな老人がたずねてきたのです。

その老人というのが、やはり、わたしとおなじ名まえのガリデブという男で、カンサス州でいちばんの牧場主《ぼくじょうぬし》だったのです」

「ほーお」

「その老人がいうのには、『わたしは、もうだいぶとしをとっているので、そろそろ財産をゆずりたいが、わたしには身よりがない。きょうだいもなければ、むすこもむすめもいない。まったくのひとりぼっちじゃ。

このまま死んだら、わたしの五百万ドルの財産は、きっと政府にとりあげられてしまうじゃろう。それではおもしろくないので、わたしの財産は、わたしとおなじ名の男にゆずってやりたいのじゃ』と、たいへんなことをいいだしたのです」

「すばらしいゆかいな話じゃありませんか」

「ところが、それにはひとつ、むずかしい条件がついていたのです。老人はこういうのです。『ただ財産をゆずるわけにはいかぬ。もしわたしが死んだのち、あなたがガリデブという名まえの男を、どこの国でもかまわんから、ふたりだけ見つけなければいかん。

もし見つかったそのときこそ、あなたがた三人のガリデブくんは、わたしののこした五百万ドルの財産を、三つにわけて、自由につかってかまわんのじゃ』そういって老人は、わたしにかたくやくそくしました」

「なるほど。それでガリデブ老人は、死んだのですね」

「そうです。ゆいごんをつくってから、ひと月とたたないうちに老人は、ころりと死んでしまったのです。それでわたしは、さっそく、アメリカじゅうをさがしまわりましたが、ざんねんなことに、あのひろいアメリカでさえ、ガリデブなんてみょうな名まえの男は、ひとりだっておりません」

「それであなたは、このロンドンまでさがしにきたのですね」

「そうです。ついひと月ほどまえです。あるさいばんのおかげで、うんよく、ロンドンへくるようじができたのです」

「そのおかげで、ネーサン・ガリデブにめぐりあえたわけですね」

「けさあの男の店へちょっとよってみたら、あの男が、こちらへ手紙をよこしたことがわかったのです。わたしは、びっくりしてとんできました。まさかあの男が、あなたのところへ、手紙などよこそうとは、ゆめにも思っていませんでしたよ」

「なにも、ごしんぱいなさることはありませんよ。わたしもたのまれたいじょう、あなたがたが、一日もはやく大金持になれるように、ガリデブという名の男を、さがすことにつとめましょう」

「いいですか、警察にはぜったい、ないしょにねがいますぞ。そのかわり、もしふたりめのガリデブが見つかりさえすれば、あの男にかわって、わたしがあなたに、おれいをさしあげます。ホームズさん、わかりましたね」

ジョンべんごしは、いみありげに、にやりとわらうと、よれよれの上着のポケットへ、ハンカチをおしこみながら、あわてて外へでていきました。

こっとう店の老人

ホームズは、だるまのようなジョンべんごしのすがたが、ドアの外にきえてしまうと、はきだすようにさけびました。

「このうそつきめ！」

「えっ？」

ワトソンは、びっくりしてふりかえりました。するとホームズは、わらいながら、

「いまかえっていったガリデブのことだよ。あの男は、なんだって、あんなうそをならべに、ここへやってきたのだろう？」

「なにかあの男が、うそをついたという、しょうこでもあるのですか？」

「あるとも。あの男は、このロンドンへ、ひと月まえにやってきたといっていたが、あれはでたらめだよ」

「なぜです」

「あのよれよれの服をみたかね。あの服は、ひと月やふた月まえにつくったものじゃないよ。すくなくともあのぼろ服は、五年はきているにちがいない。しかも、あの服は、イギリス製だ。してみると、あの男がロンドンへやってきたのは、すくなくとも、五年まえということになる」

「すると、ガリデブさがしも、やっぱりうそですか?」

「さあ。それはもうひとりのガリデブに、あってみないことにはわからないね。この手紙をよこした男が、いまのアメリカ人とおなじように、うそつきかどうか、たしかめてみよう。そうすれば、ガリデブさがしが、でたらめかどうか、はっきりするだろう。ワトソンくん。電話をかけてごらん」

ワトソンは、いわれたとおりにネーサン・ガリデブのところへ、電話をかけてみました。すると、ほそいしわがれた声が、耳にとびこんできました。

「はい、はい。わたしがお手紙をさしあげたネーサン・ガリデブです。もし、ホームズさんが、そこにいらっしゃるのでしたら、ぜひお電話に、でていただきとうございます」

そうたのむのでワトソンは、すぐ受話器をホームズにわたしました。

「わたしがホームズです。さっそくですが、あなたは、あのアメリカ人のべんごしと、いつおしりあいになりましたか?」

「ついさいきんです。わずか、二日まえのことです。あのアメリカ人が、わたしの店へたずねてきたのです。ホームズさん。もしや、あのアメリカ人は、あなたのところへ……?」

「どなりこんできましたよ。いやなに、ごしんぱいなさることはありませんが、とにかくそのことで、ちょっとあなたに、おめにかかっておきたいのです。こん夜六時ごろ、そちらへおうかがいしますから、るすになさらないでください」

ホームズは、電話をきると、ワトソンのほうをふりかえり、

「ワトソンくん。ネーサン・ガリデブのほうは、しょうじきそうな老人だよ」

といって、にっこりわらいました。

その日の六時すぎ、ホームズとワトソン少年は、ライダ街のネーサン・ガリデブの店へいってみました。

ネーサン・ガリデブの店というのは、コウモリが巣をつくってすんでいるほどの、古いれんがづくりの、たてものの中にありました。

それは、アパートふうの三階だてのたてもので、その一階が、ネーサン・ガリデブの店になっているのでした。

おもてに『ネーサン・ガリデブこっとう店』という、古いかんばんがさがっています。ドアをあけてはいってみると、まるでくずやのように、がらくたばかりが、店いっぱいにちらかっていました。うすぐらいへやの中に、ネーサン・ガリデブはすわっていました。もう六十ぐらいの老人でした。やせたねこぜの男で、まるい大きなめがねをかけていました。

「やあ、ホームズさんですね。よくいらっしゃいました」

ネーサン老人は、よほど、ホームズがたずねてきてくれたことが、うれしかったとみえて、ほこりだらけの店のおくへ、いそいそとあんないしました。

「ホームズさん。あなたは、たいそう、こっとうにあかるいかただと、かねがねおうかがいしておりましたが……」

そういいながらネーサン老人は、たなのすみから、古びた青銅づくりのランプを、とりだしてきました。

「これは古い中国のランプですが、いかがでしょう。なかなかのほりだしものだとは、お思いになりませんか……」

ホームズは、ネーサン老人のことばを、にがわらいしながらきいていましたが、

「それよりネーサンさん。あなたは、あのアメリカ人のガリデブさがしを、まじめにしんようなさっているのですか？」

「ほん気ですとも。あのかたは、りっぱなべんごしだと思いますよ。こんどこちらへきたのは、なんでも、あるスパイ事件のうたがいをうけてつかまった、アメリカ人のべんごをなさるためだそうですよ」

「ほーお。スパイ事件ですか？」

「そうおっしゃっていました」

「それはむずかしい事件ですね。ところでネーサンさん。あなたは、お店のしなものを、たいへんごじまんになさっているようですが、さぞこの中には、ねだんの高いものもあるのでしょうね。たとえば、ぬすまれてはこまるような……」

ホームズが、ゆかの上のがらくたを、ぐるっと見まわしながらたずねると、ネーサン老人は、きまりわるそうにかおをあからめて、

「ございませんね。わたしは金持をあい手に、しょうばいはしておりませんから、ぬすまれてこまるようなこっとうは、なにひとつおいてありません」

と首をふりました。

「では、あなたがそうは思わなくても、ある人の手にわたれば、きゅうにねうちがあらわれるというような、とくべつなしなものはありませんか？　たとえば、手紙のようなものです」

ホームズは、かさねてたずねました。すると老人は、おなじように首をふって、

「それもございません。もっとも、わたしがここへこしてくるまえ、あのテームズ川のほとりで、店をひらいていたころのことでしたら、そりゃいろんな、めずらしいものもありましたよ。しかし、いまはもう……」

「するとあなたは、ここへは、さいきんこしてこられたのですか？」

「さいきんといっても、もうかれこれ、五年ちかくになりますよ」

「なに、五年ですって？」

「そうです。テームズの店が、まるやけになったのが、ちょうど五年まえの冬のことですから……」

ネーサン老人が、ゆびをおってかぞえていると、とつぜん、あのアメリカ人のジョンべんごしが、こうふんしたかおつきで、店の中へはいってきました。

「ご老人！　よろこんでください。とうとう三人めのガリデブを、見つけましたよ」

そうさけびながらジョンべんごしは、一まいの新聞を頭の上で、くるくるとまわしました。

「ほーお、見つかりましたか？」

ホームズが、これはふしぎだというように、よこから声をかけると、ジョンべんごしは、びっくりしたように、

「やっ、ホームズさん。いつここへ？」

「たったいまです」

「そりゃざんねんでしたね。もう手おくれですよ。このとおり、三人めのガリデブは、わたしが見つけましたよ」

ジョンべんごしは、うれしそうに、ホームズのまえに新聞をひろげました。

みると、その新聞は、いなかの新聞で、その広告らんのところに、三人めのガリデブのだした広告が、大きくのっていたのです。

「なるほど。ハワード・ガリデブ商会。これですね。すると、このガリデブさんは、アストン市で、おひゃくしょうさんのつかう、機械をうっているのですね」

「そうらしい。このアストンのブロウナ・ビルへたずねていきさえすれば、めざすハワード・ガリデブさんにあうことができるのです。われわれは、すぐこのハワード・ガリデブさんのところへいかねばなりません。ここにアストンゆきの汽車のきっぷを、一まいよういしてきました」

「一まい？」

ネーサン老人は、ふしぎそうに、ジョンべんごしのかおを、めがねごしに見ました。

「一まいです。このきっぷで、あなたに、アストン市へいってもらいたいのです」

「わたしに？……すると、あなたは」

「ごいっしょにいきたいのですが、あいにく、あしたさいばんがありましてね、わたしはいくことができません。それでわたしのかわりに、どうしてもあなたに、いってもらいたいのです」

「なにも、あすでなくてもいいでしょう」

「いや、あすおうかがいするからといって、もうでんぽうをうってあるのですよ」

「しかしわたしは、もう十年いじょうも、ロンドンをはなれたことがないのですがねえ」

老人は、こまったように首をふりました。

「ご老人。あなたは五百万ドルを、ふいになさるつもりですか？」

ジョンべんごしは、おそろしいけんまくで、どなりました。

「あすの朝、十時の汽車にのりこめば、二時にはアストン市へつきます。もしかえろうと思えば、その日のうちにだって、かえってこられるんですよ」

「わたしなどがいって、わかりますかな」

ネーサン老人は、ジョンべんごしのけんまくに、ちぢみあがってしまったようです。

「この書類に、ハワード・ガリデブさんの、サインをもらってくればいいのです。じつにかんたんです。しかし、もしサインをもらわないうちに、われわれ三人のうちのひとりが死んでしまえば、もうだめです。

われわれは五百万ドルどころか、たとえ一ドルの金だって、自由にはできません。だからわたしは、いそいでいるのです。それがあなたには、わからないのですか」

そういいながらジョンべんごしは、一まいのきっぷと、一通の手紙を、ネーサン老人の手に、つよくにぎらせました。

ゆか下のひみつ

つぎの日の朝、ホームズのところへ、こっとう屋のネーサン老人から、電話がかかってきました。ネーサン老人は、やっぱりジョンべんごしのいいなりになって、アストン市へ、十時の汽車にのって、でかけることになったといってきたのです。

それをきいたホームズは、にがいかおをしました。

「あんなにとめたのに、とうとうでかけるつもりらしい。ワトソンくん。ぐずぐずしていると、だいじなえものを、とりにがしてしまいそうだよ。これからわたしは、警察へいって、ジョンべんごしのことを、すこししらべてくるよ。どうも、あやしいやつだからね」

そういってホームズは、ワトソンをへやにのこしてとびだしていきました。

ホームズは、夜になってかえってくると、すぐにワトソンを外へよびだしました。おもてには、警察の馬車がとまっていて、車の中には、ロンドン警視庁のレストレード警部がまっていました。

ホームズとワトソンがのりこむと、馬車は、いきおいよくはしりだしました。

もうテームズ川には、すっかり日がおちていました。馬車のついたところは、ネーサン老人の店があるライダ街でした。

三人は、馬車をおりると、ネーサン老人の店の中へ、しのびこみました。

「ホームズさん。ほんとうに、あいつは、この店にあらわれるんでしょうね」

レストレード警部は、ホームズたちといっしょに、ほこりだらけになった、たなのかげに、きゅうくつそうに身をひそめて、ささやきました。

「かならずきますとも」

ホームズは、じしんたっぷりに、うなずきました。

それから三人は、いきをころして、ながいことまっていました。どのくらい時間がたったでしょうか、とつぜん入口のドアが、かちかちと音をたてました。

「やつだ。いま、われわれがかけた、ドアのかぎをはずしているのです」

ホームズが、レストレード警部の耳にささやいているうちに、かたりと音がして、かぎがはずれ、しずかにドアがひらきました。

そのとき、はいってきた男を見てワトソンは、思わず、あっと、声をたてるところでした。それは、まちがいもなく、あのだるまのようにふとったジョンべんごしでした。ホームズたちが、たなのかげでいきをころしているともしらずに、ジョンべんごしは、ゆかの上にかがみこむと、そっとマッチをすって、ろうそくに火をつけました。

ホームズたちが、いきをのんで見ていると、やがてジョンべんごしは、ゆかの上のテーブルをわきにのけ、その下にしいてあった、じゅうたんをめくりあげ、いきなりゆか板をはがしはじめました。

「おやっ。ゆかの下に、なにかかくしてあるらしいぞ」

ホームズたちが、びっくりしているうちに、たちまちゆか板ははがされ、そこにぽっかりと、四《し》かくなあながあきました。

ジョンべんごしは、ひたいのあせをふくと、火のついたろうそくをもって、四かくなあなの中へもぐっていきました。

「それっ、いまだ！」

ホームズが、さけぶとどうじにとびだしました。ワトソンとレストレード警部は、はじかれたように、右と左から、四かくなあなめざして、はしりよりました。

つぎのしゅんかん、ダーン、というピストルの音が耳をつんざき、ホームズのかおをかすめて、ゆかの下からとんできたたまが、頭の上のランプをふっとばしました。

「エバンズ！　わたしだ。ロンドン警視庁のレストレード警部だ。むだな手むかいはやめて、ここへでてこい」

レストレード警部に、どなりつけられたジョンべんごしは、びっくりして、

「あっ、だんなもごいっしょですか」

といいながら、すっかりあきらめたように、ゆか下からあがってきました。

ワトソンは、目をぱちくりさせて、ホームズにたずねました。

「先生。この男は、いったいなにものなんですか？」

「ワトソンくん。この男はエバンズという、にせ札《さつ》つかいだよ。いまから五年まえ、ここにいるレストレード警部につかまって、刑務所へおくられ、やっとひと月ばかりまえに、ゆるされて、でてきたばかりのわるいやつだ」

ホームズは、エバンズをにらみつけながら、ワトソンにいいました。

「えっ。にせ札つかいだったんですか。すると、三人のガリデブさがしも、みんなでたらめなんですか？」

「もちろん、そうだよ。この男は、つかまるまえに、この店のゆか下に、にせ札をかくしておいたんだ。そうして刑務所からでてきたら、とりだすつもりでいたところが、そのまえに、この店は、がんこもののネーサン老人に、かいとられてしまっていた」

「わかりました。それでこの男は、ネーサン老人が、なかなか店をあけないので、三人のガリデブさがしの話をこしらえて、老人をひとばん店からおいはらい、そのまに、にせ札をとりにきたというわけですね」

「そのとおりだよ、ワトソンくん。さあ、ゆか下をしらべてみよう」

ゆか下をしらべてみると、ホームズの思ったとおり、たくさんのにせ札と、にせ札をつくる機械までがでてきました。

こうしてエバンズは、せっかくだしてもらった刑務所へ、また、ぎゃくもどりをしなければなりませんでした。しかし、それはじぶんがわるいのですから、しかたがありません。

かわいそうなのはネーサン老人です。わざわざ、とおいいなかのアストン市までさそいだされて、あくる日、へとへとになってかえってきました。

三人のガリデブさがしは、ネーサン老人を、さそいだすためのつくり話です。アストン市に、ガリデブなどという名の男は、いるはずはありません。これもネーサン老人が、ついよくをだしたためですから、しかたがないことでしょう。

「ごくろうさまだったね」

警察によびだされて、しょんぼりしているネーサン老人を、ホームズは、きのどくそうに、なぐさめてやりました。

「名探偵ホームズ（3）」について

コナン・ドイルは、一八五九年五月二十二日に、イギリスのエジンバラで生まれました。ねっしんなクリスチャンの家庭でそだてられたドイルは、ランカシャーにあるカトリック学校を卒業しましたが、十七才のとき、おかあさんにすすめられて、エジンバラ大学の医科に入学しました。

大学を卒業したドイルは、ポーツマス港のちかくにある小さな村で、医者をはじめましたが、この医院は、さっぱりはやりませんでした。ひまにまかせてドイルは、アメリカの作家、ポー（一八〇九〜四九年）の作品を読み、それを手本に、探偵小説を書いてみる気になりました。そして一八八七年に、はじめて、シャーロック・ホームズを主人公にした長篇の「緋色の研究」という探偵小説を発表しました。

この作品は、あまり世間から歓迎されませんでしたが、これを読んだアメリカの雑誌社は、すぐさまドイルに、おなじような探偵小説を書くように、すすめてきました。

なぜアメリカの雑誌社が、無名のドイルの書いた「ホームズ物語」に、こんなにかんしんしたのでしょう。それは「ホームズ物語」が、ポーのつくりだした探偵小説のよいところを、じつによく学びとり、それまでの探偵小説に見られなかった、すぐれたものをもっていたからです。

複雑な謎がだんだんに、しかも、科学的に正しくとけていくおもしろさとどうじに、ポーの作品のようにざんこくすぎたり、わかりにくかったりするような欠点は、すっかりとりのぞかれていたからです。そのうえ主人公のホームズ探偵は、いかにもイギリス紳士らしいユーモアがあって、そのくせ、科学者のようにするどい頭の持主で、おまけに、たいへんゆうかんだったからです。

アメリカの雑誌社は、この「ホームズ物語」が、評判にならないはずはないと信じていました。あんのじょう、第二のホームズ物語「四つの署名」（一八九〇年）が発表されると、世界じゅうの人びとは大よろこびでした。

この評判に、ロンドンで創刊されたばかりの「ストランド」という雑誌は、ホームズ物語をつづけてドイルに書かせました。こうしてドイルは、一九三〇年になくなるまでのあいだに、たくさんのホームズ物語を、このストランド誌に発表して、探偵作家の第一人者になりました。

この本にくわえた「金ぶちめがねのなぞ」と「賞金をねらう男」の二篇は、五十六篇のホームズ物語の短篇の中でも、とくに評判のよかったものです。それは探偵小説で、なによりもだいじとされている、トリックの新しさとおもしろさを、この作品はもっていたからです。このトリックがおもしろくなくては、探偵小説は、名作とはいわれないのです。

そして「ホームズ物語」は、そのどれをとってみても、このような要素をすべてそなえているため、世界じゅうの人びとから、探偵小説の名作とみとめられています。また文章そのものも、正しく明快なので、世界じゅうの学校はもちろんのこと、日本の大学などでも、英語の教科書としてつかわれています。

ホームズ物語は、おとなのために書かれたものです。そのため、年わかいみなさんに、わかりやすく読んでいただくつもりで、文章をやさしくしました。また、原作ではホームズの友人であるワトソン医師を、ここでは、みなさんとおなじような少年にしてあります。ひとこと、おことわりしておきます。

武田武彦

父のことを回想する

武田修一

父・武田武彦が他界してから、ほぼ25年の歳月が流れた。父が亡くなった当時の私は、仕事の関係で実家から離れたところに住まいを定めていたので、父と話をする機会はほとんどなかった。そのような状況とその後の25年という長い時の流れに圧倒されてか、今振り返ってみると、父の記憶は断片的にしか持ち合わせていない。記憶の広がりはジグソーパズルに例えられることがあるが、父にかかわる記憶について言えば、ジグソーパズルのピースを数片持っているにすぎない。

私が小学生の頃に時をさかのぼると、いくつかのことが思い出される。父が仕事から解放されているときには、父と二人でキャッチボールをしたり、家族で公園に散歩に行ったり、デパートの屋上にある遊園地に連れて行ってもらったりした記憶がある。しかし、仕事がいったん始まると、そこには〈中断〉ということがなかったように思う。食事の時間になっても、父が食卓に現れないこともしばしばであった。

仕事柄、書く道具にはだいぶこだわっていたようで、特に万年筆、原稿用紙には厳しかった。万年筆の使い勝手が悪くなると、気分転換のためか、青の色鉛筆を使っていたこともあった。それもかなり太いものを使っていたように思う。父の手の指にはいつもペンだこがあった。字体は独特で編集者泣かせであったと記憶している。時折、母が家事の合間に清書をしていたことが思い出される。

確かに、一見すると短い棒を不規則に並べたような字で決してわかりやすいとは言えない。しかし、あらためて振り返ってみると、力強いグラフィックな字体でなかなか個性的であった。亡くなる数ヶ月前に書いたと思われるメモは青のフェルトペンで書かれていたが、その字体は、多少弱々しさが感じられたが、やはり父のものであった。

文筆家というのは、ことばを材料・道具として使う職業である。ことばの運用には様々な形態があるが、文筆家の場合には主として書くという使い方になる。一般的に言えば、日常の生活の中で様々な種類の世界（空想の世界、願望の世界、未来の世界、現実の世界など）のすべてを表現対象とすることは極めてまれなことだと思われる。つまり、ことばを使い切ることはほぼないと言っても過言ではない。書くことが苦手な人もたくさんいると思う。私もその中の一人である。

父の場合は、職業での使用に限定されず、日常生活の中でも書くという行為を自然な形で行っていたと記憶している。一般的には難しいことだが、書くという行為が日常の生活にも入り込んでいたようだ。引っ越しの挨拶状、年賀状に書かれた短い詩などは言うに及ばず、本に挟まれた詩のメモ書き、日常の小さな出来事についてのメモ書きなど、様々な形でことばが綴られている。スマートフォンやコンピュータの時代、毎日毎日の生活の中で、〈気に入った筆記具を使って、自らの字体で、思い思いの内容を書き記す〉機会が少なくなってきてしまったのは残念なことである。

ことばの運用、特にものを書くという活動には、その前提として、身の回りのものに対する思い入れがあるようだ。本人にとっては意味のある日常の些細な出来事の連続も、周囲の人々にとっては、時間の流れの中で眺めてみないとわからないことが多い。住み慣れた関東の地から静岡に引っ越してきた頃のことであるが、淡い緑が点在する雨上がりの庭の片隅にあった物干し竿の端に小さな雨蛙がいた。父は、そのことを気にかけ、その後、その小さな雨蛙を見かけるたびに安心した様子を見せていた。実は、これは、だいぶ昔の出来事とかかわりがあった。

昭和4、5年頃の話として、「青い石の雨蛙」というエッセイに興味深いことが記されている。神谷町の寺に行った帰りに、道具屋で小さな雨蛙の置物を祖父に買ってもらったという。父はその置物がとても気に入っていたようで、自分の机の上にずっと置いてあったらしい。エッセイの中で「それは、目玉をクリクリさせ、今にも跳びはねそうに見えた」と語っている。その後、空襲で家が焼けてしまい、それとともに雨蛙の置物は消えてしまったそうだ。庭の雨蛙もこの記憶につながっていたのだろう。

父が、怪奇小説を好んで書くようになったのは、岡本綺堂氏の『青蛙堂鬼談』を読んでからであったらしいが、このことも青い石の蛙とかかわりがあるのかもしれない。お世話になっていた出版社の名前は青蛙房であった。この出版社の入り口には蛙の置物があったと語っている。これに関連して思い出したことがある。生前、父の書き物机の上に蛙の形の文鎮が置かれていた。それは、今、見当たらない。近頃は、庭にも雨蛙の姿は見られなくなった。

父の文筆家としての活動は多岐にわたっていた。推理小説雑誌『宝石』の編集長を務めるとともに、推理小説の創作から子供向けの読み物の創作まで行っていた。さらに、詩も書いていた。岩谷書店から『信濃の花嫁』という詩集を出版したことがある。昭和22年のことである。信濃をめぐるいくつかの詩を集めたもので、「このような困難な時世にあっても、若い詩心は燃えつづける。この確證を、僕は君のこの集に見て喜ぶ者だ。」というありがたい序を堀口大學氏からいただいている。

推理小説については、様々な雑誌に独自の作品を発表していたが、推理小説の面白さを子供たちにも体験してもらいたいと考え、自らの創作物に加えて、海外の優れた推理小説の子供向け作品の制作も試みた。海外の推理小説の存在は編集・創作活動の初期の頃から興味の射程に入っていたようだ。『宝石』4月号（1950年）の「翻訳小説の新時代を語る」（出席者は江戸川乱歩、水谷準、城昌幸、岩上啓二）という座談会にも司会者として参加している。また、『海外ミステリー傑作選』（集英社、1978）、『海外ミステリー傑作選Ⅱ メランコリックな犯罪』（集英社、1981）の編者として、エドガー・アラン・ポー、コナン・ドイル、モーリス・ルブラン、アガサ・クリスティー、ディクスン・カー、エラリー・クイーン、ダシール・ハメット、ウィリアム・アイリッシュ、メルビル・D・ポースト、アントニー・ウィン、トマス・バークなどの作品を紹介している。

海外の作品では、特にシャーロック・ホームズを主人公とする作品に心が引かれていたようである。日本で独自の創作活動をしていた作家たちにとってもシャーロック・ホームズはしばしば興味の対象であったらしい。興味深いことに、例えば、半七捕物帳で知られる岡本綺堂氏もその一人であったという（岡本綺堂作『半七捕物帳』6〔光文社、1986〕に収録された岡本経一氏の解説による）。父も、このようなホームズ作品の大ファンで、子供向けのアレンジ作品を多数手掛けてきた。謎解きの面白さをなんとか子供たちにもわかりやすく体験してもらいたいということが理由だったと思う。そもそも推理小説は難解なところがあり、子供たちがその醍醐味を味わえるような作品を作り上げることは極めて難しかったと推察される。

すでに記したように、父の記憶については、今では、体験記憶というジグソーパズルのピースの数片を持っているにすぎない。このたび、論創社さんから、父の手掛けた海外ミステリーの子供向けアレンジ作品の復刻版をホームズ作品の研究者である北原尚彦氏を編者として出版するという企画のお話をいただいた。過去の記憶をたどったり、昔の所持品などを探ったりすることで、記憶のジグソーパズルのピースの数が少しは増えたように思う。ありがたい企画であった。時折、父の原稿の清書の手伝いをしていた母が、数年前、他界した。きっと遠いところで母も喜んでいるに違いない。

編者解説

明治・大正期、まだ一般市民が海外の事物や固有名詞にあまり親しんでいない時代、欧米の小説を翻訳するにあたって人物名や舞台を日本のものに置き換えることがあった。それを「翻案」と呼ぶ。しかし昭和以降になっても、海外の小説を児童向けに出版する際にはストーリーを大きく改変する場合があり、これも一種の翻案と言える（我が国では「リライト」と言われることが多いが、英語的には「リトールド」の方が正しい）。コナン・ドイルのシャーロック・ホームズ物では、山中峯太郎によるポプラ社版の《名探偵ホームズ》シリーズがその代表格だろう。

とはいえ山中峯太郎版ホームズは、相棒のワトソンは原作通りに大人である。しかし「子どもの頃に読んだホームズ物では、相棒が少年だった」という読書体験をした方も、ある程度の割合でおられると思う。ホームズの相棒（助手）を少年にしてしまった児童向け翻案はいくつかあるけれども、その中でも特に知られているのが偕成社《名作冒険全集》から刊行された『名探偵ホームズ』だろう。《名作冒険全集》からホームズ物は、6巻『名探偵ホームズ（1）』（一九五七年）、33巻『名探偵ホームズ（2）』（一九五八年）、35巻『名探偵ホームズ　まぼろしの犬』（一九五八年）、43巻『名探偵ホームズ（3）』（一九五九年）の四冊が刊行されている。そのうち『まぼろしの犬』と『（3）』が武田武彦訳で、『（1）』と『（2）』は朝島靖之助訳。その前者二冊をまとめて収録したのが、本書『名探偵ホームズとワトソン少年　武田武彦翻訳セレクション』ということになる。

元版では、背表紙下には右側に小さく「ドイル」とあり、左側の「武田武彦」の文字の方が大きい。奥付では大きく「武田武彦　編著」とあり、その下の題名の後ろに小さく「〔ドイル原作〕」と表記されている。これは他の《名作冒険全集》でも同様で、原作者よりも訳者（編著者）の扱いの方が大きいのだ。

本書の底本『名探偵ホームズ　まぼろしの犬』、『名探偵ホームズ（3）』のカバー。いずれも偕成社刊。

武田武彦は作家、翻訳家、編集者、アンソロジストで、大正八年（一九一九年）東京生まれ。早稲田大学専門部政経学科卒。戦前には演劇評を執筆していたが、終戦直後に詩人・岩佐東一郎に紹介されて岩谷満と知り合う。岩谷に詩の雑誌を出したいと相談を受けるが、以前より愛好していた探偵小説の雑誌の発行を提案した。結局、探偵小説雑誌〈宝石〉が創刊され、編集に携わる。一九四八年から五〇年には編集長も務めた。

編集者としての活動だけでなく、自らも探偵小説を執筆。「踊子殺人事件」「恐怖の時計」「雪達磨事件」などのほか、児童向けの著書に『白骨少年』『黒バラの怪人』がある。また江戸川乱歩の大人向け作品を子ども向けに書き換える作業も行なった。

児童向け、特に探偵小説の翻訳（リトールド）が多く、コナン・ドイル以外にはコーネル・ウールリッチ『黒衣の花嫁』、ウィルキー・コリンズ『呪われた宝石』(以上偕成社)、ディクソン・カー『夜歩くもの　オオカミ男殺人事件』(春陽堂書店)などがある。探偵小説以外に怪奇小説やSFも翻訳している。《名作冒険全集》ではコナン・ドイル以外にウエルズ『とうめい人間』とポー『ゆうれい船』を訳した。

アンソロジーの編纂も行なっており、『海外ミステリー傑作選』『海外版　怪奇ファンタジー傑作選』『怪異ラブ・ロマンス集　中国のコワーイ・ショートショート』などを集英社文庫コバルトシリーズから出している。

その他の活動としては、マンガ原作に田中雅子画の『赤い狼』がある。また宝塚歌劇のファンとしても知られ、編著に『タカラヅカグラフィティ』(橋倉正信と共編)がある。平成十年(一九九八年)没。

武田武彦が訳したコナン・ドイルについて。本書収録作と同じ偕成社《名作冒険全集》では、コナン・ドイルのSF『地球さいごの日』も訳している(原作はもちろん『毒ガス帯』)。ワトソンを少年にしたように、『地球さいごの日』では語り手のマローン記者が「少年記者」ということにされている。実はこの本にもホームズ短篇「クリスマスのがちょう」「ブナやしきの秘密」が同時収録されているのだが、なぜかこちらではワトソンが少年ではない。そのため、統一性を考えて本書『名探偵ホームズとワトソン少年』には採録しなかった。

偕成社の《名探偵ホームズ》は複数の訳者による全集だが、その中で武田武彦は三巻『消えた地獄船』、五巻『四つの暗号』、十一巻『姿なきスパイ』を担当。

また《春陽堂少年少女文庫　世界の名作・日本の名作》からは《シャーロック・ホームズの冒険》

と題した全十二巻の「文庫内全集」が出ているが、これは全巻を武田武彦が訳している。内訳をカウントすると、短篇三十四篇と長篇四篇。作品数で正典六十篇のおよそ63%。しかし冊数換算すると短篇は概ね短篇集三冊分になるので七冊分。正典が九冊なので、およそ78%とかなりの割合だ。児童向けに全作を訳した山中峯太郎ほどではないが、ホームズ翻訳史上において重要なポジションにあると言って過言ではあるまい。

本書に収録した四作はただ「ワトソンを少年」にした上で子ども向けに平易にしたというだけではなく、ストーリー全体が色々と改変されており、アレンジ具合も非常に楽しいので、その妙を味わって頂きたい。

以下、各篇について詳しく説明する。

【解題】（展開を追うためストーリーを明かします、ご注意ください）

「まぼろしの犬」

原作は『バスカヴィル家の犬』。これは以下の作品にも共通しているが、ワトソンを「少年」にしているため、記録係にはできない。そのため、原作のワトソン一人称とは違って、三人称で書かれている。ワトソンはホームズの助手をしている少年ということになっているが、それ以上はどのような立場にあるのか詳述されていない。

二百年前の伝説（過去パート）において、本作では十四歳になる羊飼いの少女を「かわいいむすめがいるぞ」「めしつかいにしてやろう」とユーゴー（＝ヒューゴー）が無理やり連れて行く、ということになっている。原作ではヒューゴー・バスカヴィルが郷士の娘に思いを寄せて（どす黒い情欲を抱いて）さらってしまうわけで、確かに児童書ではそのままには書きにくい。少女の「アン」という名前や、ユーゴーと少女の父親とのやりとりは、原作にはない。

娘を追いかけるシーンでは、原作ではヒューゴーの行方を家来たちは「羊飼い」に尋ねるが、本作では怪しげな「ジプシーの老婆」に尋ねており、おどろおどろしさを増やしている。

ヘンリー卿が医師モーティマ先生とともにホームズのもとを訪れた際、警告の手紙を見せる。本作ではこの手紙に「ジャスミンのかおり」がついているとホームズが語るくだりがあるが、これは原作にはない。原作では終盤、第十五章「追想」の中で、ホームズがあの手紙はかすかに「ホワイト・ジャスミン」の香りがした、と語っている。これは明らかに後出しジャンケンであり、本作の方がフェアである。

また、原作ではロンドンのホテルでヘンリー卿の新しい靴が盗まれて、後から古靴が盗まれるが、本作ではいきなり古靴が盗まれる展開になっている。

三人称にしたことでワトソンの印象が薄くなっているためか、彼の見せ場を増やしているところもある。ヘンリー卿たちを尾行する怪しい馬車のナンバーを記憶するのは原作ではホームズだが、本作ではワトソン少年の手柄になっている。一方、助手である少年のワトソンがいるのだから、原作におけるカートライト少年の役目もさせてしまっても良さそうなものだが、そうなると後半でカートライトを出せなくなってしまうので、そのままにしてある。そしてホームズはワトソン少年に「きみには、もっとむずかしい、ぼうけんをやってもらいたいんだよ」と言うのである。

原作では、ホームズの代理としてワトソン博士をヘンリー卿らに同行させるわけだが、ワトソンが少年だと、かなり無理があるように感じられる。

ステープルトンの妹ベリルも、原作では大人の女性だが、本作では十四、五歳の少女になっている。ワトソンを少年にしたことによる最大の問題点は、ベリルがワトソンのことをヘンリー卿だと思い込んでしまうくだりである。原作ではワトソンもヘンリー卿も大人だからそのような誤解も生じるかもしれないが、本作ではワトソンは少年なので、間違えるはずがないのだが。しかし武田武彦は「ぬけぬけと」間違えさせており、その理由についても説明していない。

また、その際にワトソン少年はベリルがジャスミンの香りをさせていることに気づくが、これは原作にはない。

そして原作ではヘンリー卿がベリルに惚れてしまうけれども、本作ではベリルを少女にしているために恋愛沙汰は発生しない（その展開になっていたら、別な意味でちょっと大変である）。

ワトソンとヘンリー卿が夜の荒野で脱獄囚セルデンを追うシーンも、ちょっと違う。原作ではワトソンが岩山の上に立つ謎の男の姿を目撃するのだが、本作では岩の影に洞窟を見つけ、その中に怪しい男と少年がいることに気づくのだった。

本作では、原作から省かれてしまったキャラクターもいる。訴訟好きのフランクランド老人の娘にあたるローラ・ライオンズである。そこで、原作では先代のチャールズ卿は亡くなる晩にL・Lというイニシャルの女性（つまりローラ・ライオンズ）と会う約束があったのだと途中で判明するが、本作ではベリルとの約束だった、と改変された。

荒野でホームズとワトソンが出会うシーンも、脚色されている。原作では古代人の住居跡（岩室）

にワトソンが入り、謎の人物を待ち伏せしているとホームズがやってくる、という流れ。しかし本作では、ワトソン少年はフランクランド老人のところの望遠鏡を使って眺めている段階で荒野の少年がカートライトであることに気づき、謎の人物＝ホームズと推測している。そして彼らのいる洞窟へ入っていく際には、仕掛けられた罠（落とし穴）にかかってしまうのだった。

クライマックスの魔犬との戦いは、原作ではホームズは銃を撃つだけだが、本作では「まぼろしの犬」と取っ組み合いをした上で、銃を撃っている。また、その後のステープルトンとの銃撃戦は、原作にはない。更に、ステープルトンが底なし沼に沈むシーンも本作のオリジナルで、原作では沼に落ちたことが暗示される程度。

またメリピット荘の火災や、炎の中をチョウやガが飛び交う幻想的なシーンも原作にはない（原作では「標本」ばかりである）。小島剛夕が『バスカヴィル家の犬』をマンガ化した《世界名作絵物語全集》第9巻『名探偵ホームズ』（一九六二年）でも、これと似たシーンがあるので、影響関係、もしくは別に元ネタとなった翻案があるかもしれない。

――以上の他、ここには挙げ切れなかった細かい改変部分もあるので、原作と比べ読みしてみて頂きたい。

【四つの署名】

本作および続く短篇二作は『名探偵ホームズ（3）』に収録。

原作では開幕早々にシャーロック・ホームズがコカインを注射するシーンがあるが、本作は子ども向けなのでそれはカット。またワトソンの兄について推理するくだりもなくなり、代わりに「チェスタトンの店へ古切手でも見にいってみよう」というやりとりがある。昭和は、切手集めが子どもの趣味のひとつだった時代だ。

原作ではワトソンは最初にミス・モースタンが帰った時点から「魅力的なひとだ」と好意を隠していないし、最終的には婚約へと至る。しかし本作ではワトソンが少年なので、この恋愛模様は完全にカットされる（ワトソン少年が「きれいなおねえさんだなあ」と言うぐらいはアリだったとも思うのだが）。

本作ではワトソン少年が新聞の古いとじこみを調べてくるが、原作ではホームズ自身が調べている。ワトソンの活躍を増やしたわけである。

メリー・モースタンがホームズに見せた紙切れの「四つの署名」のうち、「マホメット・ミン」は、本来ならば「マホメット・シン（もしくはシング）」。武田武彦の手書き文字で「シ」と「ミ」が取り違えられたものと推測される。

サディアス・ショルトーとの出会いのシーン、原作ではワトソン博士が医師であると知ったサディアスはその場で診察を頼むのだが、本作ではワトソン少年なのでそうはいかない。そこで武田武彦はホームズが身分を隠して「町医者」だと名乗らせることにし、ホームズにサディアスを診察させる、という荒技に出ている。彼が医者などではなく探偵シャーロック・ホームズだということサディアスが知るのは、ポンジチェリ荘（一般的には「ポンディシェリ荘」）の門番をしている元ボクサー選手とのやりとりの際になる。

屋敷での事件現場を調査した後、ワトソンはメリーを送っていくことになるが、本作では恋愛要素は排除されているため、送り届ける際の（原作における）ワトソンの内面描写などは全くなく、ただ

「メリーをおくりとどけたワトソン少年」と簡単に済まされている。

犬のトビーを使って追跡をする際、原作ではトビーが一回失敗してクレオソート塗れの樽や手押し車のある材木置場に案内してしまうが、本作ではクレオソートの塗られたセメント樽となっている。

ベイカー街イレギュラーズは「テームズ川の少年隊」となっている。普段からホームズの手伝いをしているというわけではなく、シャーマン老人が可愛がっているテームズ川の漁師の子、という設定だ。これはホームズの助手として「ワトソン少年」がいることに配慮したのかもしれない。

アグラの宝の来歴は、原作ではセポイの乱の最中にアグラの砦で藩王《ラージャ》の財宝を力づくで横取りしたものだが、本作ではアグラの城に古くから伝わっている宝の箱、と設定変更されている。「四つの署名」の四人が捕まったのも、元々山賊のようなことをしていたから、と説明されている。

原作ではワトソンが宝箱をミス・モースタンのところへ運んでいくのだが、本作では彼の行ったり来たりを省略するため、メリーをサディアスとともに迎えの馬車で警察ランチまで連れてくるのだった(原作では後半、サディアスは直接登場しない)。

【金ぶちめがねのなぞ】

原作は「金縁の鼻眼鏡」(『シャーロック・ホームズの帰還』所収)。〝鼻眼鏡(パンスネ)〟というものが日本では(特に子どもには)あまり馴染みがないためか、ただの〝めがね〟に改変されている。

依頼人は原作ではスコットランド・ヤードの若い刑事スタンリー・ホプキンズだが、本作ではロンドン・タイムズの社会部の記者ホプキンズと設定変更されている。のみならず、事件の死者ウイロウビ(ウィロビー・スミス)と親友だった、ということになっている(しかもウイロウビに現在の仕事を勧めたのはホプキンズだという)。また警察はウイロウビが自殺したと見ている、というのは独自設定。

事件現場はコーラム博士の屋敷。原作ではコーラム博士に家族はいないが、本作ではアンナという夫人がいることになっている(アンナという名前に覚えのあるシャーロッキアンは先が読めるかもしれない)。アンナ夫人は病気で里帰りしているとのこと。

原作では過去のロシアでの因縁が事件につながっているわけだが、本作ではロシア云々は大胆にカット。原作のコーラム博士は本名はセルゲイという革命家(虚無主義者《ニヒリスト》)だったが、妻やその友人などの同志を裏切って、英国へ渡った。当時の妻アンナは友人を救う書類を手に入れるためコーラム博士を追ってきた……という次第。しかし本作ではアンナは気がふれて精神病院へ入れられていた現在の妻、と全く違う設定に変更されている。そのため、原作では本棚の後ろの隠し部屋にアンナを〝かくまって〟いるのだが、本作ではアンナを猿ぐつわと縄で拘束して隠し部屋に〝隠して〟いるのだった。よって、ホームズが煙草の灰を利用して足跡を確認するくだりもなくなっている。

本書収録作の中では、本作が一番原作から改変されているかもしれない。

【賞金をねらう男】

原作は「三人のガリデブ」(『シャーロック・ホームズの事件簿』所収)。

ネーサン・ガリデブは原作では守備範囲が広い博物学好きの収集家だが、本作では分かりやすく「ネーサン・ガリデブこっとう店」の店主、ということになっている。「三人のガリデブ」は、「赤毛組合」の〝赤毛トリック〟を再利用した焼き直し作品、と評されることがあるが、本作ではネーサン・ガリデブを骨董店主にしてしまったため、原作以上に近いものになってしまった（「赤毛組合」の依頼人は質屋店主）。

ネーサン・ガリデブが五年前から今の場所に住んでいるというところは原作も本作も共通しているが、以前はテームズ川のほとりで店を開いており、五年前の冬にそこが火事で丸焼けになったため引っ越してきた、というのはもちろん本作オリジナル。

原作では、ワトソンが犯人に撃たれてしまいホームズが大いに心配するというシーンがあるが、本作ではそこはなくなっており、「ホームズのかおをかすめて、ゆかの下からとんできたたまが、頭の上のランプをふっとばしました」、と改変されている。「三人のガリデブ」の一番の読みどころとも言える部分がなくなっているのは残念だが、子どもを負傷させるには忍びなかったのだろう。それを含めて、本作ではワトソン少年の出番が非常に少ない。

「四つの署名」と同時収録させるのになぜ「金ぶちめがねのなぞ」と「賞金をねらう男」をセレクトしたのかは、結構謎である。

初出の『名探偵ホームズ　まぼろしの犬』のイラスト（カバー絵、口絵、挿絵）は柳瀬茂、『名探偵ホームズ（3）』は伊勢田邦彦。どちらも児童書のイラスト画家として有名である。元版の巻頭には「この物語の主なひとびと」として登場人物紹介が掲げられており、その文章は本書にも収録した。その紹介文に添えられた人物イラストを次頁に引用しておくので、ご覧いただきたい。

『名探偵ホームズ　まぼろしの犬』『名探偵ホームズ（3）』を収録した《名作冒険全集》は、一九五七年から一九六〇年にかけて刊行された（この全集は再版されても奥付に版数や初版年度は書かれ

ヘンリー卿

ワトソン

ホームズ

ベリル

ステープルトン

「まぼろしの犬」

メリー

ワトソン

ホームズ

サディアス

ジョーンズ

「名探偵ホームズ（3）」

ておらず、非常に分かりにくい。ここでは一九八七年に非売品として偕成社から刊行された『偕成社五十年の歩み』の記述に準拠した）。巻末目録によると「世界の児童にしたしまれているすぐれた文学作品のなかから」「興味のうちに勇気、情操、科学への夢をつちかう名作を網羅！」したとされている。また「明るく、のびのびした健康な読物！」「小学中級・上級向き！」とある。全四十五巻で、ホームズのような探偵小説、ベルヌ『海底二万マイル』のようなSF、ハガード『ソロモンの宝窟』のような冒険小説、シートン『大灰いろの熊』のような動物文学、オルツイ『紅はこべ』のような歴史小説、メルビル『七つの海の王』のような海洋小説などが、バラエティ豊かに取り混ぜられている。『ソロモンの宝窟』が香山滋訳、ブノア『さばく都市』とホープ『ゼンダ城のとりこ』が三橋一夫訳であるあたりが、古本コレクター的には重要ポイントか。「推せんのことば」が作家・大佛次郎と前・東京学芸大学教授の阪本一郎なのは、「読物としての面白さ」と「教育的に良い」ということを同時に強調しているように思われる。この全集には、『名探偵ホームズ』シリーズと先述の『地球さいごの日』以外にもコナン・ドイル作品が収録されている。8巻『失われた世界』（白木茂）、21巻『海底人間』（野田開作）である。念のため申し添えておくと、『海底人間』は『マラコット深海』が原作である。

《名作冒険全集》には、実は他にも「ワトソン少年」が登場する作品がある。ルブラン『怪人と巨人』である。これは『ルパン対ホームズ』が原作で、翻訳は朝島靖之助。

《名作冒険全集》は、後に再編した改装新版として《冒険・探偵シリーズ》が刊行されている。第2巻『地球さいごの日』（一九七四年）巻末の一覧によると全三十巻となっているのだが、国会図書館には僅かな巻数（七冊）しか収蔵されておらず、実際に何冊が刊行されたのか判然としない。『偕成社五十年の歩み』でも、新規企画ではなく改装新版扱いのためか《冒険・探偵シリーズ》に関する記述はない。

『名探偵ホームズ』について、《冒険・探偵シリーズ》巻末一覧では……

4　名探偵ホームズ
5　のろいの魔犬〔名探偵ホームズ〕
6　赤毛クラブ〔名探偵ホームズ〕
7　四つのサイン〔名探偵ホームズ〕
8　赤い文字のなぞ〔名探偵ホームズ〕
9　踊る人形〔名探偵ホームズ〕

……となっている。しかし国会図書館にはこのうち4、5、6巻しか収蔵されていない。《名作冒険全集》と照合したところ、4巻『名探偵ホームズ』が旧『名探偵ホームズ（2）』、5巻『のろいの魔犬〔名探偵ホームズ〕』が旧『名探偵ホームズ　まぼろしの犬』、6巻『赤毛クラブ〔名探偵ホームズ〕』が旧『名探偵ホームズ（1）』の改訂版とまで判明した。

7巻『四つのサイン〔名探偵ホームズ〕』は、旧『名探偵ホームズ（3）』の改訂版と推定されるが、刊行されたか不明である。また8巻、9巻に相当する作品は旧《名作冒険全集》からは刊行されていない。偕成社の別な全集などからの再録なのか新たな翻訳なのか（そもそも刊行されたのか）、不明である。

装丁デザインを改めただけでなく、本文もごく僅かに直されている。ポンドから円への換算が、《名作冒険全集》『まぼろしの犬』では百万ポンドが（やく十おく円）、千ポンドが（やく百万円）となっていたところが、《冒険・探偵シリーズ》『のろいの魔犬』では（やく七おく円）（やく七十万円）

に変わっている（本書では《名作冒険全集》版に準拠した）。また元版では口絵以外にも本文中に二か所カラー挿絵が入っていたが、改訂新版ではなくなっている。

《冒険・探偵シリーズ》のうちどれが実際に刊行されたか（特に『名探偵ホームズ』関係）など、詳しくご存じの方がいらしたら、論創社編集部まで情報をお寄せいただきたい。

武田武彦による他のシャーロック・ホームズ翻訳や、他の作家による児童向けリトールドは、また機会があればリバイバルさせたいと考えている。

色々な作家による児童向けホームズ翻案を読んでみたいという方は、北原尚彦編『シャーロック・ホームズ ジュニア翻案集』（盛林堂ミステリアス文庫）をお手に取っていただけると幸いである。

〔訳者〕
武田武彦（たけだ・たけひこ）
1919年1月21日、東京生まれ。別名に蘭妖子。江戸川乱歩氏に師事、探偵小説専門誌『宝石』の創刊に携わり、1948年より同誌編集長となる。編集長時代も兼業作家として旺盛な執筆活動を行っており、50年の退任後は翻訳者として海外ミステリの紹介に力を入れた。70年代以降はアンソロジストや漫画原作者としても活躍する。1998年4月23日死去。

〔巻末エッセイ〕
武田修一（たけだ・しゅういち）
武田武彦長男。元大学教員。専門は意味論に基づく文法研究。

名探偵《めいたんてい》ホームズとワトソン少年《しょうねん》
武田武彦翻訳《たけだたけひこほんやく》セレクション
——論創海外ミステリ　300

2023年8月1日　初版第1刷印刷
2023年8月10日　初版第1刷発行

著　者　アーサー・コナン・ドイル
訳　者　武田武彦
編　者　北原尚彦
装　丁　奥定泰之
発行人　森下紀夫
発行所　論 創 社

〒101-0051　東京都千代田区神田神保町2-23　北井ビル
TEL:03-3264-5254　FAX:03-3264-5232　振替口座 00160-1-155266
WEB:https://www.ronso.co.jp

組版　加藤靖司
校正　浜田知明
印刷・製本　中央精版印刷

ISBN978-4-8460-2300-3